愛米麗的慾望

Emily's Desires : Selected Poems *by Shen Rui*

沈睿 著

詩集推薦語

沈睿的詩具有一股如水流般清澈的氣息，詩行的語速與靈性灼灼生輝。作為華語詩壇女性主義的最隱祕的旗手，沈睿對詩歌的女性書寫保持了高度的自覺，力圖避免落入性別悖論陳詞濫調的陷阱，創造出她自己獨特的微敘述詩語，從日常的生活經驗中提煉出精妙的哲思，以警醒的反諷觸角，穿透世界懸淵的荒誕與淪喪，抵達湧流般的奇妙救贖。沈睿詩行中鮮活的詩意與純淨的自由情懷一定會令讀者大為讚嘆，為之傾倒。

米家路

（學者，著名詩人，美國新澤西學院英文暨世界語言與文化系教授）

沈睿的詩有一種悠長綿延而又日常鬆弛的氣息，低調微妙的反諷展現了當代詩客觀化抒情的典範。她的語言代表了女性詩歌在知性與感性之間獲得的精妙平衡，往往從細緻的陳述中鋪展出對生活獨到的思辨。

楊小濱

（著名詩人，中央研究院中國文哲所研究員，文化評論家）

沈睿的詩讓我看到一位女性解放時最鋒利的樣子，無論住或不住在那裡，她都是走在流離與發現的「路」上，奇妙的語言質地，所有這些以真切、樸素、輕盈的字句出現，卻擊中了

「異鄉」與「故鄉」之間無法言盡的複雜結構。

曹疏影

（著名詩人，現居台灣）

我面前的沈睿，是一個色彩紛呈的女性：總在閱讀中，敏銳地關注很多問題的沈睿；平和、善於傾聽又有所堅持的沈睿；身心處於詩性的觀察、詩性的感覺、詩意的發現的沈睿。她尊崇詩的表達，包括對詩人余秀華的高度重視、肯定與評價。

邢小群

（當代中國文學研究學者，中國青年政治學院教授）

沈睿這本詩集，實際上可以看作兩地書，一地是中國，一地是美國。在兩個不同的政治文化地域，她的寫作呈現出不同的樣態。她在中國寫的詩大多短小，語言緊張、急促，而在美國寫的詩則寬闊、從容，敘述帶有放鬆。可以說，美國時期的詩比中國時期的詩更自由地使用語言。這是一種由生活變化帶來的對語言的理解，以及對個人命運的重新審視，讓人在其中看到了同情和悲憫。正是通過有距離地看待漢語，在沈睿美國時期的詩中，有種不矯飾、不做作的真誠，談論問題直接、尖銳，語氣肯定而堅決。我尤其欣賞她美國時期的詩，認為這是一種具有廣闊視野的詩歌。

孫文波

（中國著名詩人）

推薦序：

沈睿的詩歌——一位女性知識分子獨特的成長史

張紅萍

（中國藝術研究院文學研究所研究員，教授）

2023年春天，我在南行的列車上一口氣讀完了沈睿的這部詩集，心情久久難以平靜。沈睿出版過好幾本散文集，我喜歡沈睿的散文，但她的這些詩歌對我的衝擊超乎了我的預期，我也很喜歡她的詩歌！

沈睿寫散文也寫詩，她有兩篇內容近似的創作，一篇是散文〈走向女權主義〉，一篇是本詩集中的〈一個女權主義者的離婚辯白——致友人林木〉。〈走向女權主義〉發表於2006年，寫出了一個中國女人走向女權主義的心路歷程，那篇文章對一些中國女性有相當的影響，但詩歌〈一個女權主義者的離婚辯白——致友人林木〉對我的衝擊更大。這首詩長歌當哭，我沉浸在她的詩歌裡，感受她（其實不僅是她），也是一代女性走向覺醒的歷程。

讀完她的詩作，我立刻告訴她，這些詩作不僅極有意義，而且獨一無二。把沈睿的詩歌放到無數的詩歌裡，你可以一眼就看出哪是她的作品，因為她的詩歌語言簡潔、流暢、自然，感情真摯、坦誠；因為她的詩歌思考深邃、廣闊，每首詩歌都有自己獨特的發現。

我們的時代充滿了矯揉造作的詩句、胡編亂造的詞彙、自戀的無病呻吟。沈睿的詩歌卻完全不同，她的詩歌沒有讓人不知何來的莫名其妙的詞彙，沒有故弄玄虛的裝腔作勢。她的詩歌文字晶瑩透明，她沒有故意擺弄所謂的「技藝」，她要用精確的語言表達感情與深刻的思考，她的語言如此天然渾成，在她的詩歌和讀者之間沒有任何阻礙和磕碰。這大概是因為她從不把自己當詩人，所以這些詩歌從不是為了「做詩人」而寫的，而是她生命過程留下的印跡。

這本詩集裡的詩作可分為三部分：第一部分是她出國之前的詩作（1992-1993年），詩歌中她表達了對生活的失望、苦悶、痛苦；第二部分是出國之後描寫讀書、工作、生活的詩作（1994-2006 年），她的詩風大變；最後一部分是最近十年的詩作（2012-2023 年），她的詩風格成熟，題材廣泛，顯然她在不停地超越自己。

第一部分詩作是沈睿結婚十年後，愛情、婚姻、家庭都遇到很多困難之時。這些詩歌從格式上看比較傳統，大多都是短詩，詩歌語言含蓄、隱晦，即便這樣，我們也可以窺見詩人心靈的苦痛和掙扎。

1994 年沈睿出國讀書。之後的十年，當她偶爾寫詩的時候，突然改變了風格。她在本詩集的〈自序〉中談到她的轉變，她試圖與中國古代女性詩歌，特別是蔡文姬的中國女性詩歌傳統相連。她寫了不同風格的詩歌，這些詩歌的特點就是思考，思考很多短詩無法囊括的社會、歷史、個人議題。其中四首敘事抒情詩：〈一個女權主義者的離婚辯白——致友人林木〉（1997）、〈春天的輓歌：獻給我的老姨張桂芹女士〉（1998年）、〈終點站：致鮑伯〉（1998）、〈第一首寫給你的詩〉（2000）是我非常喜歡的，從中看出了她對身邊和更廣大的世界的思考，對永恆的主題與她的生活的思考，對她與世界關係的思考。

特別是〈一個女權主義者的離婚辯白——致友人林木〉是中國現代詩歌史上沒有過的詩歌，通過這首真誠、優美、感情激越卻表達得舒緩自如的敘事抒情長詩，沈睿不僅寫出了她在父權社會裡作為女性的成長，也寫出了父權制下每個女性的成長，如她自己在詩中所說：

> 我知道我不是一個人經歷了這一切。
> 我是和所有的女人一起，我是和我的母親、婆母、姐妹，古往今來。

分析這首詩歌就是分析那個時代的男女性別角色定位與性別思想文化，分析這首的詩歌也是分析那個時代女性的生活現實、人生經歷以及生活中的挑戰、智慧和勇氣。這首詩歌思想的深刻之處在於通過個人的經歷與成長，反映了時代的思想與文化，描繪個人與社會、時代、男權制度的關係，描繪了一個中國女性的成長：從一個普通的女性成為一個清醒的女權主義知識分子。

實際上，沈睿的這首長詩表達了一代覺醒的女性的心路歷程，這首詩也讓讀者感到自己的力量，這首詩歌思考深邃、感情激越、語言清澈，我認為只這一首詩就可以凸顯她詩歌寫作的獨特性和在中國當代詩歌的地位，這是一首沒有人寫出來過的詩歌，中國現代詩歌裡沒有這樣的詩，一首詩就是一部中國女性的覺醒成長史。

沈睿最近這十年的作品反映了她對生活、生命的思考，對時間的流逝、變老、寫作、死亡等的思考。她的詩歌的題材相當廣泛，她的詩歌往往從小事寫起，寫出更廣大的視野，更深的沉思。在〈疼痛〉這首詩中，詩人寫到人生的痛苦，與自己最喜歡的女詩人之一俄國詩人安娜‧阿赫瑪托娃的對話：

你的〈安魂曲〉在二十世紀俄國上空
成為俄國永恆的紀念碑！

而我，一個流浪的中國女人
在異國的土地上，流離失所，
此刻，伏在你的安魂曲的懷抱裡，
我泣噎：阿赫瑪托娃，你能寫出來嗎？

她的詩歌風格純淨、沉鬱、深邃，散發著哲理的光芒。一位大學同學的逝世，讓她感慨萬千的同時思考死亡：〈那先飄落的——給大學同學Y的輓歌〉。

你的飄落讓我憂傷，
你是秋天裡最先飄落的，
後面的落葉會紛沓而至，
你的過早的飄落
讓我們每個仍倖存的人，
瑟瑟發抖，你的飄落，
敲響了小鎮的鐘聲，
而這鐘，為誰而鳴？

本詩集的第一首詩，也是作者最新的一首詩是在英國劍橋遇到一位女教授引發的對變老和生命的思考。她偶爾遇到一位退休正在搬家的劍橋大學女教授，這位女教授去看「雪片墜落花」。詩人從「雪片墜落花」想到人的一生，從女教授步履蹣跚地爬上汽車，想到人的變老：「從我到你，要幾年？我還有幾年？」我們每個人都會衰老，都會像雪片一樣飄落，從少年的夢想到老年的步履蹣跚，「雪片墜落花」就是一個人生命短暫而美麗的象徵。

閱讀這本詩集，是非常獨特的閱讀體驗，我有時會忘記了是在讀詩歌，因為這些詩歌都很容易就讓我走進去，讀起來一發不可停下。我認為好的詩歌就是這樣的：你感受詩歌語言的魅力，你被迷惑一樣走進去，詩歌幫助你發現新的東西，過去熟悉的東西也因為詩人寫出來映射出新的光芒。

這本詩集的編排方式也有特點：詩集按倒敘的方式編排這些詩歌，像是一個人向後回望自己的一生。這些詩歌是沈睿用情感和思想凝集而成的一串潔白、美麗、豐富、沉甸甸的珍珠鍊，一首詩如同一顆珍珠，那是被生活磨礪的淚珠凝成的珍珠。

> 「一生」——多麼短暫的兩個字，
> 怎麼能概括我們的生活？
> 我們實際上有許多的生命：
> 現實的、想像的、夢想的、失望的、等待的、以往的，
> 我們的生命，是多重體
> 航行在時間的河流裡，
> 滿載著我們流動的複雜的慾望。

是的，作者的這部詩集就寫出了生命的多面性，這些詩讓我們走進她心靈深處，傾聽她的內心獨白，感受她的靈魂顫抖，分享她思考的過程。

多虧了這些詩，或許連作者也沒有想到它們的組合竟成了一位中國女性知識分子的心靈史和一個獨特詩人的成長史，雖然沈睿拒絕用「詩人」標籤自己。

2023年6月16日於北京

推薦序：

自由的獨舞——讀《愛米麗的慾望：沈睿詩選》

桑梓蘭
（美國密西根州立大學教授）

手捧《愛米麗的慾望：沈睿詩選》，我不禁為作者思辨的深度和變化多端的寫作手法喝采。她的語言既通透又深邃，敘事迂迴連綿而又直指人心。一幅幅日常場景，透過她的凝視變幻出繽紛多彩的光芒。她的詩表達了對存在、對世界的嚴肅叩問，也體現了與萬物眾生高貴的同情共感。

詩集中的詩歌一半寫於沈睿來美之後，一半寫於來美之前的一兩年。因此，這本詩集不僅呈現了她在詩歌藝術上的實踐與反思，也從一個側面記錄下她極重要的生命軌跡。從一位年輕母親、漂泊異國的研究生，到比較文學博士、美國大學教授、翻譯家，和筆鋒銳利的著名博客作家。作者一路走來步步精彩，但也遭遇了不少荊棘。詩歌反映了她最深的感慨，情真意切。

從時間上看，作者早期做了多種詩風和形式的嘗試。來美之後，俄勒岡雨津時期善於寫長詩，葛底茨堡的詩憂鬱，之後的詩則愈來愈沉穩自信。

以題材來說，豐富多樣。其中，有不少記錄人物的詩。〈尋找「雪片墜落」的女人〉是一首偶拾詩，寫旅人間的交會。詩人在英國劍橋一座寺院旁的公車站偶遇了一名退休女教授。攀談之下，這位陌生女人說自己是專程來看 snowdrops 這種小花的，這美麗的名稱霎時觸動了詩人的一連串感悟。她寫道：

冬天的花朵——雪片墜落或雪片紛飛——
帶來了微笑和無言的理解，
你是一朵 snowdrop 嗎，我是嗎？
我們都是雪片墜落，雪片紛飛，
生命的雪片，轉瞬即逝的雪片，紛紛散落的雪片，
我們相視而笑，你磁珠一樣的藍眼睛突然有了漣漪，
從古老的時間裡漾出少女

詩人從蒼老的退休女教授這面鏡子中看到了時間的過去和未來、女性生命的流轉、世間純潔美好事物的稍縱即逝。但她表現出的情感卻不是傷感，而是豁達和理解，一種如 snowdrops 般「嬌嫩又堅強」的態度。

另一首詩，〈對合歡花的誤讀〉，寫的則是父親和姐妹。父親誤以為合歡樹是芙蓉樹，於是用「芙」、「蓉」來命名相繼誕生的女兒，接下來出生的女兒則取名「花」，然後是「君」。芙蓉花君，連綴起來似是花神的名字，其中卻帶著一股生女兒的無可奈何和取名的隨機性。詩人並且悼念了一個出生後被拋棄來不及被命名的早夭妹妹。可以說，這首詩完全可以直接而憤怒地表達出對父權制以及傳統重男輕女觀念的抨擊，可是作者卻不如此。對於父親，作者的情感還包括了同情、孺慕與懷念。每個人都可能受到他們時代的侷限，在詩人心目中年輕時充滿夢想而英俊如一棵大樹的父親何嘗不是？詩

是如此收尾的：

我每天想到父親，
想到我的姐姐妹妹，想到命運
是以怎樣的手安排了每個人的道路，
想到父親曾是怎樣的年輕，充滿了男人的幻想，
對女兒的柔軟的愛，而他的芙蓉花君
又怎樣一體，又漸漸解體，
成為散亂的花瓣，被命運打濕，
在空中一絲一絲地飄落，
一直在飄落著，從父親的期待和夢想裡，
一直在飄落著，從父親的無知和誤讀中，
一直在飄落著，在命運的風無情地吹動下……

固然，父親是無知的，然而父親也曾對他撫育長大的女兒有著和煦的愛，有著期待和夢想。女兒們的人生或有高低起伏，那是因為命運的風橫掃而來，無人能躲避，絕非父親所能左右。

另一個重要題材是自然界的花鳥蟲魚。其中，最出人意料的可能是〈給蟑螂讀詩與寫詩——閱讀瑪麗安・莫爾的〈詩歌〉所感〉。這是一首慧黠而帶有黑色幽默的詩。給蟑螂讀詩，多麼富有創意又匪夷所思的活動！詩人對著南方房間裡到處橫行的古銅色的蟑螂，克服恐懼，對著他們朗讀瑪麗安・莫爾的詩，並以此佐證「讀詩和寫詩其實是一種消遣，一種殺死時間的方式，與真理無關」。在她獨自給蟑螂讀詩、寫詩的舉動中，我們讀出了些許的寂寞，以及自我排遣的曠達。這

些，令人不期然想起月下獨酌的李白，「舉杯邀明月，對影成三人」。

除了〈給蟑螂讀詩與寫詩〉，作者還有多首談論其他詩人的作品以及寫詩這回事的詩，可謂詩學詩。〈愛米麗的慾望〉，是其中的佼佼者，也是全集畫龍點睛之作。敘述者和愛人住進了海邊一個以愛米麗命名的小房間，在歡愉之後，她閱讀愛米麗・狄金森隱晦又纏綿的情詩，豁然開朗。她的解讀把自己與愛米麗變成了同謀，坦然以最美和最熱烈的方式讚美如海風鼓漲的慾望。這是女權主義的姿態，也是對生命和書寫的頌歌。

詩無定形。浸淫於中西文學的沈睿，嗜讀蔡文姬和英語女詩人，給她的現代詩創作注入了許多新鮮的養分。她結合敘事與抒情，結構別緻，意念連貫，在層層疊加的效果之上更有出奇不意的迴旋轉折。這自由的獨舞，令人叫好。

2023年9月28日於密西根州立大學

自序：

中國女性詩歌傳統與我的詩

沈睿

詩人米家路教授鼓勵我編輯一本詩集，我跟米教授認識還是他在 AAS[1]上組織一個詩歌討論組，2005 年，一晃竟然十八年了，每次我要寫作跟詩歌有關的事情，都是在米教授的鼓勵下，在這裡我首先要感謝他的鼓勵和支持，沒有他的鼓勵，就不會有這本選集。

十八年前我沒有把寫詩、讀詩、評論詩看成是我該認真做的事情，這十八年間或更長，我這一生中，我都沒有這樣做，我沒有認真地寫詩、讀詩、評詩，因為我對「詩人」這個稱號有偏見，不想跟詩人這個標籤有任何關聯，這影響了我寫詩歌的態度。2010 年我曾經寫過一篇文章，〈千萬別把自己當詩人〉，表達我對「詩人」這個稱號的恐懼和躲避。

此刻要編詩集，要把多年來斷斷續續寫的長短句做出一本集子，我感到非常羞愧。這麼多年來我寫的詩歌很少，這些詩不過是我在日常生活中偶爾寫下的紀錄和感想，表達了我當時

---

[1] AAS：指「亞洲研究學會」（Association for Asian Studies），是一個學術非政府非營利學會，面向所有對亞洲研究感興趣的學者。總部位於美國密西根州安娜堡。全世界範圍內大約有八千名會員，囊括了亞洲所有的國家和地區以及各個領域，亞洲研究協會也是亞洲研究領域方面最大的組織。

不能用散文記敘的感覺與思考。

整理這些寫作，我意識到自己的詩歌和散文的關係，散文之後才是詩歌。多年來因為在博客的寫作，我隨時記下很多日常的思考，只有當情緒激烈到散文無法抵達的地方，我才寫詩，所以，這些詩有很強的激情，特別是長詩，就是激情的散文。

激情一直是中國當代詩歌中所避免的，雖然在中國悠久而偉大的詩歌傳統中「詩言志」與「詩緣情」一直是兩大基本詩學理論框架。「詩言志」強調詩歌寫作的政治社會教化功能，「詩緣情」強調詩歌寫作從情出發的主觀主體表達，兩者互動，成為中國詩歌寫作和評論的兩大出發點。

上個世紀八十年代初期，當新詩達到一個新的水平的時候，受翻譯的西方現代派詩歌的影響，特別是英美著名詩人T.S. 艾略特的文章〈傳統與個人才能〉在中國詩歌寫作理論中產生了令人詫異的顯而易見的指導作用，詩歌寫作提倡「客觀性」，強調冷靜的觀察和對感情與激情的拋棄。我生活在詩人之中，常常聽到這種理論，我認為自己不是一個客觀冷靜的人，無法做到客觀冷靜地寫詩，所以我放棄寫詩。

來美後我讀的書使我有能力質疑那些在中國被接受且歡迎的理論並穿透所謂「客觀性」的虛幻——那種自詡的宏偉敘述的客觀根本就是自欺欺人。我被「解放」了，不再迷信任何被制定的詩歌規則，這是我來美之後偶爾寫詩的根本出發點。

更重要的是女權主義思想賦予我對詩歌的新理解。因為我教授中國文學，我必須重新閱讀中國古典和現代的作品，這讓我有機會深入理解我在大學中文系的時候匆匆閱讀的作品。記得為了教「中美女性詩歌比較」一課，我重讀漢代詩人蔡文姬的詩歌〈悲憤詩〉（五言〈悲憤詩〉和騷體〈悲憤詩〉）以及〈胡笳十八拍〉。我讀得雙目濕潤，突然發現了中國女性詩歌傳統的一個偉大的源泉。

蔡文姬的詩歌被譽為「中國文學史上文人創作的第一首自傳體長篇詩歌」。可是我在大學中文系讀書的時候，她的詩歌只是被一筆帶過。學習建安文學、建安風骨，念的全是男性詩人，我沒有在課堂上讀過蔡文姬。那時學習中國文學，只走進男性的文學森林，從來沒有走進過我們「母親的花園」——「我們母親的花園」是女權主義文學批評的一個術語，表示挖掘女性文學的傳統，發現多年來被男權社會忽視的重要女作家、女詩人、女性寫作傳統。

蔡文姬的哭泣，撕心裂肺的嚎叫——只有有過被掠奪、被強姦、被贖買、被迫與骨肉分離、被嫁人、被要求為國家利益犧牲的經歷自己的女人才能如此哭嚎。我毫不懷疑這三首詩歌都是蔡文姬寫的，那些男性爭論來爭論去懷疑這些詩歌不是出於蔡文姬之手，在我看來沒有意義。如郭沫若所說：〈胡笳十八拍〉「那像滾滾不盡的海濤，那像噴發著熔岩的活火山，那麼用整個的靈魂吐訴出來的絕叫」。

這樣的詩歌，只能出自有過如此慘痛命運的人之手，蔡文姬不停地用各種詩歌形式描述同樣的經歷，表達同樣的痛苦，那是多麼深痛的激情！多麼哭喊來哭喊去都無法安慰的痛苦的心靈！一個女性的命運與國家、民族的命運糾纏在一起，息息相關，僅僅因為她是一個女人，她就必須犧牲自己的一切：身體、尊嚴和感情，甚至作為母親的母愛都被國家利益犧牲。

我重讀蔡文姬，不是被蔡文姬的詩歌打動了，我是被她的激情的力量「打倒」了。等我稍微冷靜下來，等我從被「打倒」後站起來可以思考的時刻，我知道我找到了自己詩歌寫作的祖母。

真正的激情，女性的經驗和視角，蔡文姬的每個字、每行詩都是我的乳汁。戲仿或套用在中國莫名其妙影響甚大的 T.S. 艾略特的〈傳統與個人才能〉的主題，我在蔡文姬的詩歌裡找到了自己性情與中國女性寫作傳統的切合點。激情為詩，長歌當哭，寫出一個女性的經驗、感情與思考。我不是「客觀」的人，其實世界上沒有一個人是「客觀」的，我們都是作為主體而看世界的，我們的視角都是「主觀」的。

很遺憾的是蔡文姬的激情詩歌對她之後的兩千年中國女性詩歌寫作影響不甚大，雖然這兩千年中國也出了很多出色的女詩人甚至偉大的女詩人，但中國女性詩歌的寫作大多還是在男性寫作的框架內，要被男性認可才可能被寫進詩歌正典。

有意識地跟我們的寫作母親血肉相連，寫出我的心靈與體驗，寫出我的靈魂，這是蔡文姬對我的召喚。

這本詩選我所選的詩歌，一半寫於來美國求學之後到現在，一半寫於來美國之前的一兩年。寫長詩是我跟蔡文姬的中國女性詩歌傳統刻意相連的努力，這本詩集選了幾首長詩，是對這個努力的展現。時間和地點構成了每首詩歌的政治、歷史、文化語境和個人處境，所以我把這本詩集分成了上下兩部分，每首詩都表明寫作的時間和地點，也算作是對自己寫詩的總結。

2023年3月於美國亞特蘭大

目次 content

下卷

上卷

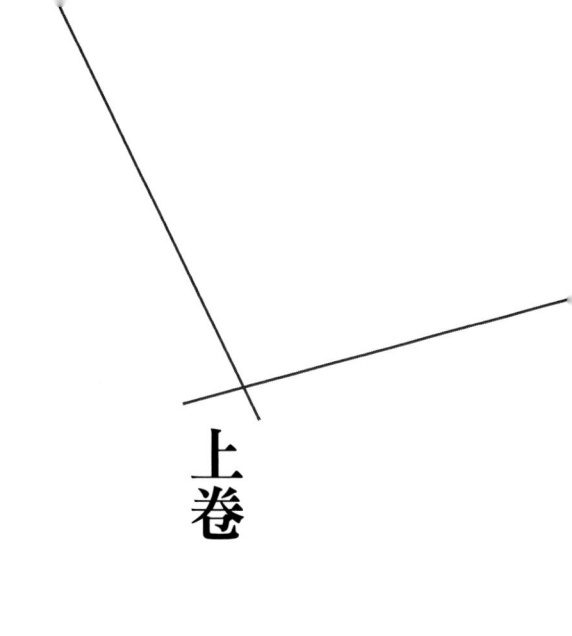

尋找「雪片墜落」的女人

在Anglesey寺院[2]小得不容易發現的公共汽車站，
我們先後到這裡等車，11路車，我們彼此相視，
呃，我問：為什麼來這裡？
啊，雪片墜落的季節了，你說，每年我都來。
雪片墜落？小雨濛濛，我困惑的臉迎來你的微笑：snowdrops[3]——
「一種花，只在冬天開放，
我來看望這些snowdrops」……

我驚喜：雪片墜落，名字真美啊，是的，你點點頭，
拿出你的手機，一個舊手機，至少有十年以上的歷史，
你尋找照片，給我看，snowdrops——雪片墜落——
我看你在手機上翻找照片，你的無名指上的婚戒——鑽戒
可是幾顆鑽石之間卻掉了一顆，
好像失去的牙齒，歲月的殘骸，
舊褲簡裝的女人，殘舊的深綠色帽子，疲倦的磁珠藍的眼睛，
你找到了，給我看，是你兩年前照的：看，就是這樣！

---

2 Anglesey寺院：Anglesey Abbey，位於英格蘭劍橋東北方約九公里。詹姆士一世時期風格的建築，在1926年至1966年修建。寺外有一個佔地四十六公頃的花園，一年四季，色彩繽紛。修道院附近的洛德水車磨坊（LodeMill）修建於十八世紀，在1982年被重新修復。

3 我後來查到漢語把snowdrops翻譯成雪花蓮或雪鐘花。我這裡取原意，直譯為「雪片墜落」，以體現這種花朵英文名字的轉瞬即逝的墜落感。

Snowdrops：白色的花朵如燈盞倒掛著，好像初春燃燒的燈，
照亮了春綠的道路。
啊！你的照片帶來了我的笑容和你的笑容
如溫暖的春從蒼老的面容裡漾出，你的孩童時代湧現，
我知道你嗎？我們認識嗎？
在哪一個生命裡我們曾經相遇？

冬天的花朵——雪片墜落或雪片紛飛——
帶來了微笑和無言的理解，
你是一朵 snowdrop 嗎，我是嗎？
我們都是雪片墜落，雪片紛飛，
生命的雪片，轉瞬即逝的雪片，紛紛散落的雪片，
我們相視而笑，你磁珠一樣的藍眼睛突然有了漣漪，
從古老的時間裡漾出少女，呃，我在劍橋教了
三十年的書，退休了，我要搬到蘇格蘭去，住在一個
小地方，有山有小河流，有一幢不大的房子，回到我的童年。

你教授和研究兒童學習心理，過去；現在，你正在搬家，
把書都處理了，每天忙於搬家，抽空出來看看這些小花
Snowdrops，她們在冬天裡綻放，她們喜歡嚴寒的天氣，
她們是我最喜歡的冬天的花。

英國的冬天不那麼冷，可是潮濕，我點頭，你說，
蘇格蘭西部的冬天要比英國東部暖和，

英格蘭的夏天要比蘇格蘭熱得多，
你給我簡短地上了地理課，你的老師的本質，
我微笑，我理解地微笑，此刻，汽車來了，
你步履蹣跚，爬上汽車，我跟在你身後，
從我到你，要幾年？我還有幾年？

我先到站，下車後我向你揮手，你也揮手，
我不知道你的名字，你——一個蘇格蘭女孩子成為劍橋教授，
成為我想像的故事，可是，一切都不重要了，
搬家，退休，追尋那些年年在冬天裡開放的
雪片墜落花，雪片紛飛花——純白的燈盞，純白的裙裾，
純白的語言輕語著少女的夢想，這些
點燃冬天黯淡雨夜的花朵，這些雪片墜落，
這些雪片紛飛，這些嬌嫩卻堅強的花朵——
是你——一個蒼老的女人，給我的，
劍橋最好的禮物。

2023年1月於英國劍橋

對合歡花的誤讀

父親在二十八歲那年成了父親，
是什麼讓他給他的第一個女兒命名為「芙」？
一定是這些嬌嫩的花朵
在他的眼前不停地飄動。

在初冬，在十二月，他的女兒降生，
他擁抱著她嬌小的身體，那粉紅色的
細嫩的花朵，好像芭蕾舞演員，
在空中為他一個人舞蹈，這個「芙」字
就是一個美麗的女孩子在舞蹈。

「芙」字從詞語的深處，
旋轉著奔向他，張開雙臂，
他抱起女兒，抱起這個「芙」，
抱住這個字，他對女兒的柔腸和希望。

第二個女兒降生的時候
已經順理成章了——「蓉」
穿著毛絨絨的衣裙的合歡花——就是
他的美麗的女兒，芬芳嬌嫩，
天外的芬芳，讓他歡欣地深呼吸
他的「芙蓉」——他對合歡花的誤讀。

而我是那個他並不期待的女兒，
我出生了，無可奈何，他甚至
都不假思索，我就成了一個綴兒——花
芙蓉後的綴兒，芙蓉後可要可不要的字，
一個花朵的影子，如一條筆直的高速公路，
沒有任何幻想和期待，一個無所謂的
有與沒有都無關緊要的芙蓉的後綴

第四個女兒的出生並沒有帶來
任何歡欣，我的小小的妹妹，
我的出生後僅幾個小時就
死於冰凍，死於寒冷，死於被拋棄的妹妹，
沒有名字，她沒有來得及得到
芙蓉花後的定義，
我常常想到她的靈魂——她那麼小，
她有靈魂嗎？如果有，她會不會
抱著爸爸的腿，向爸爸哭泣？

最後就是我的小妹妹，又是一個小小的女兒，
多餘的女孩兒，又一個可有可無的多餘的綴兒，
她不再享有父親的期待和夢想，
她在我的身後，成為芙蓉花後一個無法定義的字，
一個模稜兩可的詞：君。
芙蓉花君，不知從何而來，

芙蓉花君，也不知到哪裡去，
君是誰？君是哪朵合歡？君是哪位女神？

合歡樹從三月探出嫩綠的小手到六月
綻出滿枝漫天的粉紅的雲霞——她們的芬芳
帶來沁人肺腑的淡淡的如綠茶般的清甜，
她們日日的舞蹈給我在這個無望的疫情肆虐的夏天裡
帶來芭蕾舞女孩裊娜的舞姿，
帶來美的旋律，女孩兒的芳香，
只有小小的女孩才有的芬芳。

秋天了，合歡樹掛滿小燈籠似的果子，
一串串的，引領著我走回家，走回父親，
走回父親的青春、期待、夢想，
走回我的年輕的父親英俊的面龐，濃密的頭髮，
他的笑容，他的大手，我攥住他的手，
好像一朵花緊緊攥住枝椏。

2020 年我每天隨著芙蓉花——合歡花呼吸，
看著她們變換衣裙，看著她們從嬌柔美麗的
女孩兒成為孕育生命的媽媽，秋天了，大地一片豐盈，
她們好像即將臨產的母親，驕傲地挺著圓圓的肚子，
肚子胖胖鼓鼓的，宣告著新生命的茁壯。

我每天想到父親，
想到我的姐姐妹妹，想到命運
是以怎樣的手規劃了每個人的道路，
想到父親曾是怎樣的年輕，充滿了男人的幻想，
對女兒的柔軟的愛，而他的芙蓉花君
又怎樣一體，又漸漸解體，
成為散亂的花瓣，被命運打濕，
在空中一絲一絲地飄落，
一直在飄落著，從父親的期待和夢想裡，
一直在飄落著，從父親的無知和誤讀中，
一直在飄落著，在命運的風無情地吹動下……[4]

2021年1月於美國亞特蘭大廠房

[4] 我的父親以為合歡樹是芙蓉樹，他的誤讀成了我們的名字和命運。

冬雨

冬雨把你們都關在門外：手臂顫抖的樹，
屋檐下換腿站立的鳥兒，不停地拍動翅膀，
飛的慾望被濕淋淋的天空阻擋，你，
在疫情蔓延的日子裡，站在外面，向
你的內心窺視：黑暗的、濕漉漉的小路
通向空無一人的草地，荒草萋萋，
誰的人生不是遍地狼藉？

美國南方的冬雨帶你回家，北京據說下雪了，
母親站在九樓的陽台上，看淅淅瀝瀝的雨，看
紛紛揚揚的雪，一片，一片，寫著轉瞬即逝的
對明天的夢想，孤獨的嗚咽。

這就是我們的宿命：
你必須學會拒絕，學會生存的本領，學會
如冬雨一樣，把希望沙沙埋進腳下的泥土裡，
此刻卻遍地殘葉，枯枝敗藤，萬物凋零。

誰沒有在冬雨中獨自哭泣過，誰就沒有資格
談論身體的疼痛，談論失望與遭受的損害，
我嘗過失去尊嚴的苦澀，抿過祈禱後嘴邊殘存的
希望，我和母親一起，懷著對兒子碎心裂骨的愛，
看著你的背影，越走越遠……
我們的眼睛倒映著

你的面容，你的冷漠成為空空蕩蕩的皮囊，
靈魂不知去向，無家可歸，在冬雨的淅淅瀝瀝中，
成為斑駁陸離的記憶，成為這個下午
裊娜的灰飛煙滅。

2020年12月於美國亞特蘭大廠房

寫與寫作的無意義

你的寫作毫無價值——我的兒子說，
他否定我，否定我的寫作，否定他母親的
宿命：對寫的熱愛，對字的熱愛，對寫字的熱愛。

是的，毫無意義，我贊同他，因為他是我的兒子，
我的寫作毫無意義，只是在無意義的一天裡
一個無意義的行動，
坐在電腦前，我瀏覽世界，
所有的無意義都變成了手指的敲動，
這些字從無中生有，從空白中出現：一個個
字，從鍵盤到屏幕，我邊敲打，邊念念出聲，
這些字都是天籟，都是音符，都是嘴巴與腦的運動，
以及身體每個細胞運算的共同表達

讀、寫與寫作——
在我的小小的不足十平米的房間裡
這是我唯一能做的事情，
我的兒子不停地提醒我，我的
寫的無意義和寫作的無意義，
他是神派來的使者，是命運的彌賽亞，
他是天使，他是我命中的天使
我的命運已經被決定，被他決定
一切有意義嗎？比如生孩子？
比如活著？比如此刻？

我深知沒有人會細讀我寫的字，
不屑一顧，是的，連我創造的人都不屑一顧，
意義何在？我摘取這些字，從天空
摘下雨珠和淚珠，
從無中我創造有，從地上我擷取
那些塵埃，塵埃終歸會落地
如我們的生命，終歸會歸於無，
在無的無邊無際裡，或許我終歸會
跟曾創造我的人在一起，這就是我
寫來寫去，寫來寫去的唯一的意義

有一天，我的兒子，你也會這麼繼續下去
走上我現在走的路，而那時我在無的那邊等你

2020年12月於美國亞特蘭大廠房

致一位我愛的詩人

如果我翻譯你的詩，我能否抵達你的骨髓？
你的最隱祕的疼痛，你的無法告人的慾望？
我翻閱你的詩歌，都是關於日常的，
比如客人走了後的空蕩以及
客人留下的煙頭，不再燃燒，
但曾經燃燒過的念頭，一閃而逝
如我們的生命，微渺，在這
廣漠的夜空下，我們只是一粒微塵，
或連一粒微塵都算不上

如果我細讀你的詩歌，我能否讀出我自己？
什麼是自己？我自己是一個什麼形象？
在你的心目裡，在我的心目裡？
我無刻不在轉變，一秒鐘，另一秒鐘，
我聽得見鐘錶在我的心臟裡，滴答，滴答，
在加速，在旋轉，在抵達，
我卻找不到自己，自己不在心臟裡，
不在胳膊上，不在我的頭腦裡，不在，
自己不在，我不在，只有你在，
你在你的詩歌裡，伴著我度過這下雨的秋夜

如果我放下你的詩歌，我能否放下我所有的負擔？
那些撕心裂肺的分別？那讓我哭了又哭的分別？
我能否把你放下，把對你的思念放下，把我的生命放下？

如此的自由，赤條條的自由，
在大風大雨的夜晚，我在這裡自由地獨舞，
在這裡，我給你生命，我又把你的生命收回，
我們彼此依偎，我們彼此在一起，卻
永遠也無法相遇，你是你的詩歌，我是
一個讀者，一個翻譯者，一個路人，
一個夢想抵達卻永遠沒有出發的旅人

2020年10月於美國亞特蘭大廠房

那先飄落的

——給大學同學Y的輓歌

你是最先飄落的，出人意料，
我瞠目、結舌、無語。
在同學的微信群裡，翻看同學的反應，
很多同學反應激烈，我猜他們跟你比我要密切得多。
我不是一個跟同學密切的人，大學同學，
雖說是同窗，但同窗能說明什麼呢？
我們無非是在一起學習了四年，
而後我們各自在自己的軌道裡，
走著各自的人生的旅程。

你飄落了，我跟你沒有什麼很多的聯繫，
2005年，為了你的孩子，你給我寫信，問留學的事情，
還送來了你孩子的一篇文章，
我回信，讚美你孩子的文筆和才氣，
同年我安排我的學生去見你的孩子，鼓勵她們
成為朋友。友誼，總是個人的，
就是國家的友誼，也從個人開始，
我想你知道我的用意。

我們的通信，斷斷續續的，後來就
如斷了線的風箏，我們各自在自己的天空裡飛遠了。
這就是生活，人們相聚，人們分離，人們大多
並不那麼關心別人的生活，因為我們的生活
已經夠緊張，已經夠忙碌，已經把每一分鐘都佔滿了，

我們哪裡有空去關心他人的身心健康，或他人的生活？

偶爾會有你的消息傳來，比如你當了什麼，
比如你已經是什麼職位的人了，我聽了，微笑，
好像微風從耳邊掠過，這愜意的微風，這微風帶來愜意，
其實與我並沒有任何關係。
我滑行在自己的軌道裡，與你沒有任何接軌，
我們人人都是自己的行星，
在命運的宇宙裡，微不足道，燃燒著，
漫無目的，走向燒盡的那一天。

你燒盡了，過早燒盡了，我努力地回憶
對你的記憶，那些零星點點，好像點點的火苗，微弱地
燃燒在記憶裡。我們的記憶可靠嗎？
我只記得你清瘦的身材和一雙骨骼粗糲的手，
那是幹活的手，幹農活的手，我對你的手印象深刻。
隨著時間的流逝，你的手是不是已經變得細膩，好像
你生命的轉型，從一個農家的窮孩子，成為代表國家的使節。
你用護手的潤膚用品嗎？我到現在也不習慣
用護手霜，好像手不是我身體的一部分，我不知道
別人的習慣，我知道勞動者不習慣用護手霜，
比如我的老伴——他是個農民的孩子，他一輩子
都沒用過任何護膚用品，這，標誌著我們的身份和階級，
我們從貧窮裡走出來，永遠帶著貧窮的痕跡。

你呢？我對你一無所知。

今天我從網上查看你的信息，看到你的官方照片，
你的頭髮是黑的，一直很黑，你染了頭髮，
顯得格外年輕，好像仍然是一個三十多歲的青年，
從照片上看，你沒有中年過，更沒有老年，你永遠是個青年。
在一個崇拜青年的世界，青年才是我們的理想的形象，
我也不例外，比如我昨天染了頭髮，我每六個星期
染一次頭髮，我說，我不再染頭髮了，可是，我還是去染，
染髮劑的發明讓我們學會了自欺和欺人，
染髮劑讓我們留在青年的自我想像裡，
染髮劑讓我們以為自己離衰老很遠，
而死亡，那是別人的事情，死亡，我們當然逃脫不了，
可是，死亡永遠是別人的事情！
我們的頭髮黝黑，我們的靈魂盈滿綠色，
我的靈魂永遠十六歲。
你的呢？

我們有靈魂嗎？靈魂在哪裡？在我們
身體的哪個部位？靈魂藏在哪裡？我們之所以是不同的
你我，到底是因為我們的面目，還是我們的靈魂？
你的家人要為你守靈，他們將護佑你的靈魂，歸去，
歸到哪裡去？穿越冥河——四條冥河，你此刻在穿越哪一條？
是斯堤克斯河嗎，那憤怒的河流，怒吼著，

我們誰不對死亡憤怒！或者你已經來到第二條河流——
那悲傷的河流，你已經付足了船資，載你的船隻已經起航，
永別在即，誰在岸邊給你送行？你在船隻上遙望，
另一條淚水組成的河流就在你的面前，哭泣的淚，
哀嚎的波濤，再往前走就是忘川，忘川滾滾，你將渡過忘川，
從此你不再記得今生今世，
從此你將倒入希普諾斯神——睡眠之神的懷抱，
從此你長眠，在天上還是在土下，在記憶裡還是在好像中，
長眠，你還是那麼文靜地躺在那裡，安詳的長眠把你帶走，
帶到我們人人都將去的地方。

很多人都祝你一路走好，我卻困惑不已：
走好，怎麼走好呢？
去死亡的路一個人怎麼走好？
我每天都想到死亡，我對死亡著迷，死亡在
不知名的小巷後等待著我們，
在我們不注意的時刻，抓住我們。
生命是多麼脆弱啊，我試圖理解「出」的意義：
出，就是從兩座山裡出去，
一座是生命的山，一座是記憶的山，
當我們「出」的時候，我們一無所有，
連記憶都卸載在生命的山中，
我們了無痕跡，從哪裡來？我們歸於哪裡？
而這，讓我悲傷不已，「千古」從來都是謊言，

「流芳」更是自我的安慰，屈原的時代已經過去，
雖然那不過是兩千多年前，兩千多年，無非是
三十多個你拉起手來，人類仍在童年裡，下一個世紀，
人類不會繼續存在，新的地球的主宰不需要人類，
我們是最後的人類——最後的智人，
何以談及永誌、永恆、永遠？

活著的人會繼續活著，而你卻隨風而去了，
我試圖理解你飄落的意義。
你曾是人類的一片葉子，你曾經發芽，長大，
茂盛，為你的親人遮風擋雨，而現在，你飄落了，
輕輕地飄落，你的飄落，讓冬天更早地來臨——
對每一個熟識你或不太熟識你的同學來說。
你的飄落讓我憂傷，你是秋天裡最先飄落的，
後面的落葉會紛沓而至，你的過早的飄落
讓我們每個仍倖存的人，瑟瑟發抖，你的飄落，
敲響了小鎮的鐘聲，而這鐘，為誰而鳴？

2018年2月於美國亞特蘭大廠房

新年獻歌

早上看我的微信，到處都是新年快樂——
它們穿梭在每一個親切的問候裡，我微笑：
快樂是一個奇怪的字眼：樂如此快，如此迅速，
快，就是樂的本質。
快樂轉瞬即逝，而我們卻祝福彼此，
用這個約定俗成的詞語：新年快樂——

我們完全不能預想新的一年什麼會快——我們怎麼能預料明天？
我們能否樂？快樂是 happy 還是 joy ？
我掂量兩個詞的意義，好像掂量兩個硬幣，
Happiness 是短暫的感情，而 Joy 是一種生活態度
我的詞典說，我望著這兩個詞
猶豫，遲疑，踟躕，到底哪個字能與中文的「快樂」相近？
漢語的快樂是須臾而飛的一種感覺，
而英文裡有著區別顯著的哲學。

快樂的來臨總是在我們不經意的時刻，
比如去年五月我騎著自行車在北京的學院路，
白楊樹的葉子突然喧囂，風撩起了它們，
它們在陽光下抖動，一片葉子就如一片琴笛，
我停下車，傾聽楊樹葉子的嘩嘩喧笑，它們的歡笑蕩漾到
我的臉上，漣漪到我的記憶深處。

更多的時候快樂卻是安靜的，一個人
在今天這樣下雨的早晨讓音樂環繞，書，打開了，
越讀越薄，一個星期一本書的速度還是太慢了，
我沉浸在書中，對歷史的回顧與未來的瞻望裡
于瓦爾・諾亞・赫拉利[5]——他的名字裡居然有諾亞方舟，
載著他從遠古到今天，看《人類簡史》，
看人類怎樣在創造自己，創造並將毀滅
那創造自己的過去、現在和未來。

我放下書，在公園裡漫步——天鵝、野鴨、
奔跑的狗、打球的男孩子們——生活行進著，即使
在我不在的多年之後，春天的花朵仍然會燦爛無比，
那時我的兒子會怎樣思念我？他的孩子會怎樣想像
祖母——如我此刻想像我的祖母，那個瘦小的，
識文斷字的祖母，她生於何時？死於何年？
我全然不知，我對祖母的瞭解僅限於她躺在床上，
等待死亡……

---

[5] 于瓦爾・諾亞・赫拉利，以色列耶路撒冷希伯來大學歷史系教授、哲學家、世界著名公共知識分子，主要著作有：*Sapiens: A Brief History of Humankind*（2014），*Homo Deus: A Brief History of Tomorrow*（2016），*21 Lessons for the 21st Century*（2018）以及*Nexus: A Brief History of Information Networks from the Stone Age to AI*（2024）

新年快樂！在過去和未來之間，掂量我生命的
重量，我們從何處來，又到何處去？
這將是一個怎樣的一年？我在年底將怎樣回顧
我的快樂與悲傷？
書，在桌前，讓我打開，讓我獲得明天的力量，
讓我在這裡，寫詩，寫字，寫一生中的一年。

2017年1月於美國亞特蘭大廠房

新年夜的嘆歌

我們最終還是去了一個叫「魚市」的餐館
人多得如過江之鯽——我推旋轉門進去
這條成語就游出來，從記憶的水中
我想像站在岸邊，等待跳入江中的口令，
雖然早就預定了桌子，預定是一種身份
一種保證，一個諾言，你在新年夜
很想有明天早起做個新人的決心

我們被引領到一張小桌前，兩個人的私密飯卻
與鄰座只有半尺的距離，今晚為了賺錢
「魚市」裡桌子如蘑菇突然長在潮濕的每個角落，
我坐下來，鄰座四個人的談話颳了過來，
很間斷的談話，可有可無的談話，
母親與女兒都裸著臂膀，金髮——
母親的是染的，短髮；女兒的也是染的，長髮；
沉重而閃閃銀光的項圈，
奪人眼目，女人的脖子總是讓我著迷，
因為脖子比面容更揭示一個人的內心，
父親母親幾乎沉默，兩個年輕人談論
到底什麼魚好吃，或不好吃

顏色各異的魚塊都擺在玻璃櫃裡，美國人的吃法，
魚都是一塊塊的，你看不出那是魚。
記得剛來美國——那也是二十多年前了

我很奇怪，吃魚卻看不到魚，而如今我已經習慣，
就如同我習慣了自己吃自己點的飯，
雖然我很想嚐嚐別人的菜，我還是喜歡中國式的
吃飯的方式，你可以同時嚐那麼多菜，
多麼歡欣鼓舞啊，多麼人道主義！
而美國的吃飯方式，自私的動機，
有種一人獨吞的各掃門前雪的清冷

一個相貌尊嚴的五十歲開外的侍者主管佈魚——
他拿起訂單，選擇魚，放在盤子裡，回身
擱在廚房的櫃台上，櫃台被玻璃隔離，
廚師們在玻璃後做菜，流水線的作業，
我從來沒有參觀過餐館的流程，
此刻我坐在魚櫃的對面，看這個人怎樣
挑魚，他怎樣決定是這塊魚而不是那塊魚，
他有什麼理由決定這塊不放在這個盤子裡
而放在另外一個訂單的盤子裡
非理性還是理性？我們所做的一切是否
都能得到解釋，希拉利 · 克林頓的失敗到底是
出人意料還是順理成章？
我們如何下意識地喜歡
一個訂單？一個舉止？一個人？

侍者都是墨西哥裔的年輕男人，英俊，
被訓練得小心翼翼，黑制服，白襯衫，

他們故作的微笑，他們夾著腿走路的姿勢，
讓我想像這個餐館的主人，一個資本家或
或一個金融家，白人，一個發福的男人，
在階級社會裡，在種族世界裡，你能否忘掉
性別、種族、階級這些抽象的概念而
理解我們生存的空間？我們生存的時間？

飯最終端上來了，三文魚，牛排
味道十分一般，咀嚼著這樣的飯菜，我真希望
自己能讚美，在這個夜晚我們都應該
滿懷熱情，滿懷溫柔，釋放正能量——
最好是滿滿的正能量，所以小費給了百分之二十
所以停車場強迫你讓他們給你開車，小費是百分之二百。

我站在門口，等車被開過來，雨
濛濛一片，雨把2016年圍攏，雨
把聖誕節的燈光打濕，燦爛裡有種
濕潤的溫柔，我們沿著桃樹大街
亞特蘭大唯一的主要大街，
雨中，我們開車回家。雨刷器
來回擺動，加強著2016最後的動人心魄，
我聽著雨刷器跟雨搏鬥，驚心動魄地
看著流逝的時間刷來刷去地進入新的一年。

2017年1月於美國亞特蘭大廠房

布拉格的哀歌

手套找不到了，我的騎車手套，膠皮的、職業車手的，
護衛著我，羅馬、雅典、布達佩斯，護衛著我的手的手套，
在羅馬的泰伯河，在多瑙河兩岸古老的橋上徘徊、飛騎，
我揚起手，我的手套跟手一起揮動，
我的女武士的手的盔甲，
在走過古老查爾斯橋後失落了，
伏爾塔瓦河啊，這是布拉格，你的布拉格

不過是一副手套，我安慰自己，伊麗莎白 · 畢紹普[6]說：
「丟失，是一種藝術，我們必須成為會丟失的大師。」
我點頭，成為丟失的大師！我已經是——
我已經丟失了我出生的城市，我長大的四合院，父親與母親，
朋友、銘心刻骨的對你的愛情

在這座石子路坑窪的小城，我的車顛簸，
猶如我顛簸，在生命和生活的路上，
生命其實是記憶，生活其實是想像，
遊人熙攘的中世紀——
讓我們都假裝思古，假裝典雅，假裝浪漫
這是布拉格，你的布拉格

---

[6] 伊莉莎白・畢紹普（Elizabeth Bishop, 1911-1979）：美國著名女詩人。她是美國1949-1950年度的桂冠詩人，並於1956年獲普立茲獎。代表作為《北方和南方——一個寒冷的春天》。

向日葵一樣齊刷刷的臉讓我驚魂，
人們在仰望，在等待鐘樓上小人的出現，好像等待
奇蹟，如古代的信徒，等待神靈顯跡，
神靈，剛剛認識的一個信徒不停地給我送來
神靈顯跡的故事，一個人沒有信仰，
他怎麼活過共產主義時代？或這個
徹底無畏無德的金錢時代？
這是布拉格，你的布拉格

這是竊賊的城市，你提醒我，
這裡充滿了騙子、假理想主義者、偽知識分子，
乞討者、流浪者、隱藏的間諜，以及
笑得無法安慰的哈謝克和滿街亂跑的帥克[7]，
今天這裡飄滿了西藏的旗幟，自由西藏，自由台灣，
這是歡迎中國主席的口號——他將現身，
如神蹟，三月底他會帶來希望的熱呼呼的購買單，
帶來布拉格既厭惡又渴望的
不能言說的權力與榮光，
布拉格，這是你的布拉格

---

7 哈謝克（Jaroslav Hašek, 1883-1923）：捷克幽默小說作家、諷刺小說作家和社會無政府主義者。他最知名的作品是《好兵帥克》，一部關於一戰時一個士兵鬧劇般的遭遇，以及諷刺當時愚蠢僵化當局的諷刺小說，這部小說在哈謝克生前並未完成，但目前為止已經被翻譯成了六十種語言。除此之外，哈謝克尚有一千五百篇左右短篇小說存世。

蘇聯坦克壓進來的大道，盡頭是歷史博物館，
兩旁，燈火輝煌的名牌照亮街頭妓女粉妝的臉，
你指給我看，我們漫步在這條著名的大街上，
這條波西米亞最政治的大街，這條女人哭泣的大街，
聽你的故事，聽你愛過的男人和女人的嘆息，
天空是銀灰色的，天空是橘色的，
我們生活在和平繁榮的中國妓女的衣裙裡，
我回身再望那個倚門抽煙的中國妓女，
她的口音是東北人……她的臉像我的臉，
這是布拉格，你的布拉格

我回身……
我的帽子，我的柔美的帽子，那在伊斯坦布爾買的帽子，
我的錢袋，裝著我飯費的錢袋，回家路費的錢袋，
我的背包大開，如一張絕望地呼吸的嘴，
我明白發生了什麼，我一言沒發，
任何言詞都會被風吹走
竊賊已經走遠，而你不在我的身邊

淚水不能洗濯我的顫抖，這竊賊的城市，
讓我不堪一擊，讓我柔弱如柳，
讓我走在空蕩蕩的河岸，心如冷風，風，
從街的這頭，颳到那頭，
這是布拉格，你的布拉格

我們在這個街頭彼此失落，
我的手套在溫暖著那個竊賊的手，
我的帽子在溫暖另一個人的頭顱，
我的錢袋，一個雙層的紅色小袋，在布拉格街頭
被棄在一個角落，默默地哭泣著與我的分別，
這是布拉格，你的布拉格

寒風的三月，初春的夜晚，
迷宮一樣的小巷，中世紀的幽暗，
我為何而來？為何？這無謂的流浪？
站在街頭，吃這油兮兮的炸腸，
過於昂貴而油膩的難以下咽的奶酪麵包，
擠來擠去的遊人，擠來擠去，
竊賊就在我的身後，就在我們的身後，而我
猶如剛剛放學的女孩子，
興高采烈地，漫無目的地，
在想像中與你對話，這是
布拉格，你的布拉格

我失去了一頂好看的帽子，讓我溫柔如水的帽子，
我的不多的錢，三天的飯費，回程的零花錢，
我失去了熱愛你的心情，失去了欣賞你的情緒，
我默默地、幾乎異常平靜地走回旅館，

打開電腦，讓德沃夏克[8]的音樂
走進這個房間，這小小的房間，
音樂一層層上升，溫暖、陌生，
在這個寒冷的夜晚，我失去的
布拉格，這是你的布拉格

2016年4月於亞特蘭大廠房

---

[8] 德沃夏克（Antonín Leopold Dvořák, 1841-1904）：捷克民族樂派作曲家，生於布拉格附近的內拉霍奇夫斯鎮。他經常在作品中使用摩拉維亞和他的故鄉波希米亞（當時屬於奧匈帝國，現屬捷克）的民謠音樂的旋律及其他方面。其代表作有第9號交響曲《新世界》、大提琴協奏曲、《斯拉夫舞曲》、歌劇《露莎卡》。

布拉格的愛情

我的行蹤越來越不值一提，
在布拉格幽美的小巷裡穿行，
懷揣的卻是想像的苦難，以及
我對你的完全無望的愛情

只有一張小床的房間，一張桌，
一把椅子，裸露的木地板，
這是 Rynba 街 8 號，靠街一樓的房間

我們做愛，我親吻你的乳房，
你的無家可歸的乳香，你的大眼睛裡的
對她的渴望，對她的慾望，
窗外的天空，真的比鏽鐵皮還紅

對面就是那山，山頭的城堡，
城堡中的歷史比黑夜還充滿誘惑，
德沃夏克承載著我們，讓我們在伏爾塔瓦河上
如晨霧一樣，瀰漫你的愛情，對海倫娜的愛，
你們在樓梯上做愛，你說，啊，
在每一個角落裡。我仍然愛著你

這是你的城市，你拒絕歸來的城市，
你的河畔，充滿了遊人，太多的遊人讓我躲避，
我藏在你的陰影裡，尋找你的蹤跡，

看這個小城怎樣點燃謊言、坦克、淪落、陌生，
以及自由的渴望

哈維爾[9]的弟弟，那個一臉大鬍子的教授，對我談論
他與哥哥的兄弟之間的爭論，書、房產，以及政治，
政治是我們的生命，不是嗎？還是愛情？
「我從來不知道他會當總統，奧爾加也不願他當。」

更深的小巷裡走過
蹣跚的老人，瘦腿褲高筒靴的姑娘，一代又一代，
閱讀著你，閱讀著你們，來到布拉格，
來到我夢中的陽台，就從這個陽台上，
我凝視著安靜而喧鬧的布拉格
和你的愛情。

2016年3月於亞特蘭大廠房

---

[9] 哈維爾（Václav Havel, 1936-2011）：捷克作家及劇作家，持不同政見者、天鵝絨革命的思想家之一。首任捷克共和國總統。第一任（1964-1996）妻子名叫奧爾加。

今天和昨天＆今年和明年

今天和昨天並非不一樣，
普通的冬日，陽光凝固在乾裸的樹枝上
在鋪滿落葉的草地上
反射著後園的荒蕪。

這寒瑟的冬日裡，我試圖理清思緒，
比如回顧這一年，
或者瞻望明天與明天的明天，
或者寫一個總結和新年的決心，
比如減肥，比如不再多吃巧克力。

我只是這樣想想，卻什麼都沒寫，
家裡就我們兩個人，進進出出，
我們該怎麼慶祝呢？該吃什麼呢？
北京比我們提前十三個小時進入新年，
法國提前六個小時，
我們總是在最後，好像受到時間的特殊優待。

我們開車出去，給汽車加油，買菜，把
香菜、綠蔥、葡萄、藍莓、草莓、蘋果……
放進車廂，日子平常，這一天也與往常沒有什麼不一樣。
我做了好吃的湯，好吃的螃蟹餅，
我們沒有喝酒，兩個人坐在飯桌旁，吃著飯，聊著天，
談論著新聞和該收拾的落葉。

後園的落葉我們得清理了，得為
開春的草耙出鬆軟的土壤，得把荒蕪的枝蔓
規整起來，得做好開春的準備。
一年的開始始於春天，你們中國話
有沒有這樣的成語？

一年之計在於春！我大笑：
好吧，明天，明年，我們就做這件事。

2013年12月31日於馬里蘭州橡樹溝

給蟑螂讀詩與寫詩

——閱讀瑪麗安・莫爾[10]的〈詩歌〉所感

讀詩與寫詩其實是一種消遣，
一種殺死時間的方式，
一種自殺的方式，與真理沒關。

一首詩什麼也不帶來，甚至不給我
帶來溫暖。在這個初冬的夜，
我在南方也覺得寒冷，寒流來了，
我的房間裡到處爬著古銅色的蟑螂，這裡的
蟑螂只在寒冷的時候往房間裡跑，
他們也需要溫暖。
這是我的本地的學生告訴我的。

我對這些蟑螂和我都充滿同情，
我給他們讀詩，他們呆呆地釘在地毯上，
被我的朗讀感動了。我彎腰仔細看他們：
他們真的如武士一樣滿身盔甲，讓我恐懼。

我故作輕鬆地對他們說：「你們喜歡瑪麗安 ・ 莫爾的詩歌嗎？
她是一個怪異的老女人，她終生跟她母親睡在一個床上，
直到她母親去世，她已經六十歲。」
蟑螂們站在那裡，一動不動，忽視我的溫柔。

---

[10] 瑪麗安・莫爾（Marianne Moore, 1887-1972）：美國詩人、翻譯家和隨筆家。曾獲普利茲詩歌獎、全國圖書獎、博林根獎等。

詩歌的作用：讀詩與寫詩，
就這樣幫助我度過了這個晚上，這個寒冷的晚上，
幫助我自殺，幫助我殺死了時間。

2013年11月於亞特蘭大空中閣樓

鳥語啁啾的初夏

今年初夏鳥語啁啾，與去年不同，
去年是無鳥的夏天，鄰居對我說，
去年這個街區來了一隻凶惡的動物，
驅走了所有的鳥兒。

今年不同，今年鳥語啁啾。

我在給草地澆水，跟鄰居聊天，
談論今年的鳥兒，是的，到處都是鳥語譁喧，
紅衣主教鳥莊嚴地站在樹枝上[11]
大聲地宣告重新樹立的信仰，
驚人燦爛的冠蘭鴉棲在花朵旁
思索著光與影做愛的美。

今年鳥語啁啾，到處都是歌聲，
自由的手臂，飛翔的翅膀，
在這五月的初夏，
鳥兒們把夏天的歡欣寫在天空上。

我常常久久地注視著鳥兒們，
傾聽他們的交談，他們的歡叫，
這是我的夏天，我的鳥語啁啾的夏天。

2013年5月於馬里蘭州橡樹溝

---

[11] 紅衣主教鳥（Red Cardinal），一種在北美很常見的鳥。

在春天裡種樹

整整一個週末我們都在勞動，
你揮動著鐵鍬，我拿著小鏟子，
在房子後園的樹叢裡，我們繼續種樹。
「樹夠多了，」你叫我「tree-hugger ！」

「來生你真要是一棵樹了。」
我蹲在那兒，把我的來生安放在樹坑裡，
一棵又一棵，這些嫩綠的絲柏
閃著清純的光，好像等待出發的少年。

他們的眼睛看見了什麼？黎明時分，
太陽漸漸地從地平線上升起，黃昏，
一隻烏鴉突然竄飛過頭頂，那成群的鴻
劃過天空透明的玻璃，帶來遙遠的傳說。

未來，當你我已成灰燼，這些樹已經成人，
他們會不會記起今天的水和肥料？
也許另一對伴侶也坐在後園的草坪上，如此刻
跟這些樹對酒，想到彎腰種樹的我們。

我仍滿懷愛情，今天我們種了十六棵小樹，
我們的十六個孩子，我們的十六個來生，
來生我們也在一起嗎？如這些樹，手挽著手，
仰著頭，凝視著星光燦爛的天空？

你搖頭：我們會沉寂在永恆的黑暗裡，
沒有人會記得我們，我們也不記得他們，
我們的生命，如空谷中的風，也許除了這些樹，
可能是一個參數，標誌著我們曾經的悲憫與激情。

2012年4月於馬里蘭州橡樹溝

疼痛

「你能寫出來嗎？阿赫瑪托娃[12]？」
一個聲音從你的身後，你回轉身來，
長長的一隊人，在等待探監。你的兒子，
你的唯一的兒子，在赤色俄國的高牆內，
你點點頭，多年後你寫出了〈安魂曲〉——
二十世紀俄國最偉大的詩歌！

而我此刻在你的肩上哭泣，阿赫瑪托娃，
我的淚水哭濕了你灰色的長披肩，你撫摸著
我瘦弱的身體，我蓋住臉的長髮，
我流血的傷痕，流血的心
安魂曲在房間裡迴蕩，此刻，誰的靈魂
可以安慰？

那麼多民族的腰折斷了，
為滿足權勢者們的瘋狂。
千萬的人流離失所，千萬的人沒有哭倒
長城。我懷疑詩歌的力量，雖然我不得不
走向你，走向我唯一的安慰。

---

[12] 阿赫瑪托娃（Anna Andreyevna Gorenko, 1889-1966）：俄羅斯「白銀時代」的代表詩人之一。曾被譽為「俄羅斯詩歌的月亮」（普希金曾被譽為「俄羅斯詩歌的太陽」）。在大清洗期間遭受迫害。著有三本詩集：《黄昏》、《念珠》、《白色的群鳥》。

你的〈安魂曲〉在二十世紀的上空
成為俄國永恆的紀念碑！
而我，一個流浪的中國女人
在異國的土地上，流離失所，此刻
伏在你的安魂曲的懷抱裡，我泣噎：
「阿赫瑪托娃，你能寫出來嗎？」

2012年11月於馬里蘭州南山嵋

一朵金黃的鬱金香

如此金黃的、如此嬌嫩的
迷媚，鬱金香在你的手中，
一面小小的旗幟，宣告著春天

人生也不過如此了，
在這個與往年並非不同的春天裡
我們擊鼓而舞，無邊的纏綿

芬芳著青春的苦澀與成熟的甘甜，
我以巴勃羅 · 聶魯達[13]的大眼睛，看見
無數的鳥兒從你的身體中飛出

那些白色的海鴿，在乳房起伏的夜晚
在巴勃羅所在的海島上
在女人身軀的深藍裡

這是愛嗎？我的眼睛裡一片大霧
而這朵鬱金香，挺著腰肢，春天的早晨
露珠閃在她透明臉上，映射著

---

[13] 巴勃羅・聶魯達（Pablo Neruda, 1904-1973）：智利詩人、外交官，1971年諾貝爾文學獎得主，智利共產黨黨員。聶魯達十三歲時便以詩人身份出名，其創作涉獵甚廣，包括超現實主義詩歌、歷史史詩、政治宣言，一本散文式自傳，以及廣為流傳的情詩，例如詩集《二十首情詩和一首絕望的歌》。

我們的春天，你說，這是我們的
鬱金香，這是我們的永遠的春季。

2012年5月於馬里蘭州橡樹溝

我愛上了一個中國女孩

「我愛上了一個中國女孩！」
我的鄰居，一個英俊的男孩對我說，
我微笑著，這位古代勇猛的阿波羅
站在那裡，臉上全是陽光，
人生明亮的十九歲，
十九歲，愛情就是這樣從天而降。

「她美得驚人，不是嗎？」
我接過照片，仔細端詳，一個幾乎普通的女孩子
大眼睛，微笑的嘴，有點調皮。
很可愛，我點頭，琥珀蜜般甘甜的漣漪
在春天，戀愛的春天裡顫動。

看見戀愛中的青年人，我有種過來人的
欣慰，點頭，微笑：生活是美好的，因為
不期而遇的女孩子，因為年輕人還相信愛情，
因為，僅僅因為有人剛剛掉進了愛河裡。

「我要搬到中國，我會在中國找一個工作。
我要學中文，還要跟她生三個孩子。」
「三個，為什麼是三個」？我笑著問，看見這對
年輕的夫婦，推著兒童車，從林蔭大道上走過來。
看見他們的孩子在草叢中奔跑，尖叫著
看見穿小紅裙的女孩，揮動著手……

昨天下午在森林裡，我遇到一對老夫婦
頭髮斑白，身材沉重，他們
扶持著彼此，在森林的小道上漫步
我走在他們的身後，看著他們的扶持
感到他們彼此身體的重量
幾十年相依為命的溫暖

在這個春天的早晨，你微笑著：
「寫給你的詩，在廣播裡。」
我打開電腦，你在裡面：
「一個個小村莊失落在無邊的地平線，
我們駕駛著車，從人生的一端到另一端，
沿著蜿蜒的聖勞倫斯河，記得嗎？
就在那條路上，你以為是愛情，
其實不過是移山倒海的自然力量……」

我坐在桌子前，看見人生的河流
從我的年紀上流過，流向你的大陸，
你的島嶼，流向永遠夢想著的
海岸線

2012年4月於馬里蘭州南山岧

我夢見了自己的死

陰雨的黎明，我在夢中感到雨點
敲擊著我的房頂
我起床，想拿一些家什
來接住淅淅瀝瀝的雨
屋子裡好像漏雨，空氣沉甸甸的，
我起身，佝僂著腰，
在幽光中尋找可以接雨的東西。

雨聲很大，淹沒了其他聲響，
世界僅剩下雨聲，
在房間的另一頭，是一個電視架，
側後面是門，
潮濕的空氣好像是在南方，
地板是深紅色的，油光鋥亮，
承受著濕氣的壓迫，黎明變得
十分沉重

正在這時，門輕輕地開了，
兩個民工樣的人（哪裡來的民工？）
手裡提著粗壯的繩子，悄悄地進來，
雨聲巨大，好像暴雨突然加大了，
他們捂住我的嘴，我無法出聲，
他們把繩子套在我的脖子上，
粗糲的繩子，我的脖子感受著它的壓迫，

我知道沒有商討的餘地。

我們說不同的語言，
（我知道他們不懂英文，也不懂漢語。）
我嘆息，想，「That's it.」
又想，「My son can't call his mother anymore.」
繼續想，「所有的夢都完結了（用中文）。」
這就是最後的一瞬。

黑暗蒙了過來
不那麼可怕
很平靜

我就醒來了，已經死過了的我醒來了，
雨聲敲打著我的房頂，
我住在這個孤獨的穀倉裡，靠近葛底茨堡[14]的戰場，
高瘦的大窗外
是春天黎明的綠意，
靜悄悄的黎明，

---

[14] 葛底茨堡（Gettysburg，又譯蓋茨堡）：為美國賓夕法尼亞州亞當斯縣的自治市和縣政府所在地。葛底茨堡戰役和亞伯拉罕·林肯總統的葛底茨堡演說都以這個小鎮命名。葛底茨堡戰役是美國內戰期間規模最大的戰役之一，在該鎮附近的田野和高地上展開。我於2003-2006年在葛底茨堡學院（Gettysburg College）教書。

只有貓頭鷹在哭喊，他們天天都這樣哭喊
我已經習慣了。

我躺在床上，聽著雨聲，
一遍一遍地溫習我的夢，
我感覺了自己的死，
平靜地被謀殺，
我夢見了自己的死。

2006年5月於葛底茨堡穀倉

鄉村生活

在故國的歲月裡，我從來沒夢想過鄉村生活，
然而在異鄉，我一直過著鄉居的日子。

如今，一片深遠的樹林旁就是我的房子，
樹林裡住著一家六口的白尾鹿，
他們見到我的時候總是排成一隊，狂奔，
好像一隊訓練中的速跑少年。

我好奇他們的生活，到樹林裡去看他們的家，
一隻比貓還小的野兔，睜著驚奇的眼睛望著我，
也突然狂奔起來。

我悄悄地從另一條小路出來，
在樹林邊觀看我住的房子，一幢孤獨的穀倉，
沉靜地坐落在田野的邊緣。田野遼闊，
我的深棕色房子好像是一隻靠岸的船，
那麼寂寞，在十九世紀的陰影中。

我沒有鄰居，一匹漂亮的淺棕色的馬，
曾住在我的樓下，我們喝同一口井裡的水，
冬天來臨，他的主人把她帶走了，
我從此沒有可以相互問候的伴侶。

孤獨是我生活的主要內容。
可是，誰的生活不是孤獨？
好在我的壁爐火焰熊熊，我總是把火爐
燒得噼啪作響，火爐的聲音，
讓我想到最甜美的語言，
在溫暖的爐邊，我看書，寫作，
直到大雪把我的門和我全都掩埋。

我是否將這樣死於在大雪、書、火爐和兩種語言中？

2006年3月於葛底茨堡穀倉

乞討過愛情

你像一個乞討的女人，
看，你的大衣，有這麼多的口袋，
他說這話的時候，我們站在北京琉璃廠大街上，
背後是榮寶齋，不遠處，賣烤白薯的農民
把白薯的甜香慷慨地送給過路的人

愛情使冬天的夜晚溫柔，
我們拉著手走過深夜無人的胡同，
在李大釗家門口，
他吸古巴的雪茄，我呼吸深藍深藍的北京

我的家鄉，我的故鄉
胡同口的標牌
在回憶中生鏽，
連同這個小城的下午
我不記得我是否也乞討過愛情

2005年3月於賓州葛底茨堡學院

我的日常

我與自己作伴
教書，讀書，在電腦前
好像一群朋友——我從來沒有見過他們
然後是寫字，

我寫很多的字——那些字排起隊來
像長城和麻將牌，而我，
不會打麻將，甚至看不懂
麻將牌是怎麼一回事，

一個無所成就的人，
一個在五十歲還夢想著星星的人，
一個在街上大步走著
嘴裡念念有詞的人，
一個瘋女人
住在閣樓上
穿過葛底茨堡的戰場，

我與自己作伴
喝酒，舉杯，模仿李白
對影成三人，
這是我的生活，
月光下
我的白髮是雪，

而雪，落在乞力馬札羅山上，
海明威[15]的槍聲已響，

雪落在我的屋頂……

2005年2月於賓州葛底茨堡學院

[15] 海明威（Ernest Hemingway, 1899-1961）：美國二十世紀最著名的小說家之一，1953年諾貝爾文學獎獲得者，其作品以語言洗鍊著稱。主要作品有長篇小說《太陽照樣升起》（1926）、《喪鐘為誰而鳴？》（1940）、《老人與海》（1952）等。其短篇小說《乞力馬扎羅山的雪》描繪人在荒蠻之中的緊張關係。1961年7月2日，海明威用槍自殺身亡。

一夜無眠

一夜無眠
我聽見你在房間裡走來走去
你的腳步，時重時輕
讓我懷疑你的身體
是否平衡
一個身體不平衡的人是否有平衡的精神？

我仰望樓頂，聽著你的腳步
想這個荒謬的念頭
直到哐噹一響
什麼東西重重倒下了

你是否一把刀結束了自己？
我沒敢上樓去敲門
我等待你的血滲過來
等待你的靈魂敲我的門

2005年2月於賓州葛底茨堡學院

高燒

高燒使她成為
一張在風中瑟瑟發抖的
薄薄的紙
整夜地顫抖著
在殘破的窗櫺上
噼啪噼啪
召喚
過路的亡靈

我正好路過這裡
看見她衰老的面容
凌亂的白髮下
青春永存的一雙
大而濕潤的眼睛
那麼疲倦地閉著
睫毛像墓石

我多想擁抱她，以愛
親吻她乾裂的嘴唇
和那乾枯的年齡的味道
生活是不完美的
我們都在夢想中走完一生

她輕輕地嘆息：水，水
她的嘴唇，在蠕動中
我聽見生命的水
流過她和我而去
一片秋風捲起的
落葉
在紐約第五大道吹散

2005年2月於賓州葛底茨堡學院

老中國女人在咳嗽

隔壁那個老女人晝夜咳嗽
她的咳嗽聲，好像是從遙遠的地方
推過來的一架破舊的機器
左右搖擺之中
機器還在運轉

我對生命充滿敬畏
一個晝夜咳嗽的中國女人
她在咳聲中是否想到
衰老，死亡，家鄉
而這些與我有什麼關係？

我在她的咳聲中寫作
站起身來，去喝水
也許我該給她送一杯水
一杯永遠無法到達的水
或在到達之前，咳聲已經停止

我習慣了她的咳嗽
我想起了自己的母親
就是這樣，咳嗽聲中
一個生命完結
另一個生命開始

那個老的中國女人
就是我

2005年2月於賓州葛底茨堡學院

在葛底茨堡鎮的街上

我越來越對兩邊兒來的消息無動於衷
一個從我姥姥的村莊來的民工討不到工錢
在北京的大街上哀嚎，哭聲刺過牆壁
一個嬰兒害怕地縮了起來

那些在網上聊天室裡
沒有面目的精英分子個個正義在胸，
膽大心細地、匿名地罵了一陣之後，
該吃吃，該喝喝，
倒頭大睡

此刻，整個美國都變成紅色的了
比我少年時代的中國還紅
我走在葛底茨堡的街上，和林肯暗中對話，
懷揣著民主的夢想
與內戰而死的鬼魂擦肩而過

一個聲音對我說：
你知道每天有多少人在夢想中死去嗎？

2005年2月於賓州葛底茨堡學院

和麥爾維爾一起開始的旅程

我們下榻在「西爾維亞海灘」旅館
當年巴黎的那家著名的書店
那出版了詹姆斯 · 喬依斯[16]無人想要的書稿《尤利西斯》的
書店
那家書店，如今，依在太平洋海邊
在九月的海風中，「西爾維亞海灘」
像搖搖欲墜的文學史
收攏了我們

麥爾維爾房間似乎是一個船艙，
地板傾斜，我不得不弓著腰走到窗口，
好像在海浪裡航行。我看見你一個人走到海灘去，
你走下陡峭的岩石，你走過海灘上圍著篝火的人們，
你往前走著，漸漸變得模糊，消失在
濃霧升起的海灘，
我一直在看著你，我就站在窗口，
看著你的背影，看你是一道陌生的風景

---

[16] 詹姆斯・喬伊斯（James Joyce, 1882-1941）：愛爾蘭作家和詩人，二十世紀最重要的作家之一。代表作包括短篇小說集《都柏林人》、長篇小說《一個青年藝術家的畫像》、《尤利西斯》以及《芬尼根的守靈夜》。

莫比 ‧ 迪克和麥爾維爾[17]活在我們的房間裡
我隨手拿起麥爾維爾的日記來讀
「今天，狂風巨浪。」只有一句話
一八五零年九月十六日，距今一百五十年前
我愣愣地看著那個日子，命運
好像開口說話，卻又啞口無言，
我把書放下，在那面年代久遠斑駁的鏡子裡
我看見自己歪歪斜斜的身體
麥爾維爾是不是就這樣看見了莫比 ‧ 迪克——
他的宿命？

五斗櫥上的爛漫的鮮花張著一隻隻手
好像熱情的主人，鏡子旁，你放置的玫瑰
滴血似的鮮紅，我聽見浴室的水龍頭
漏水的滴答聲，緩緩地敲在
時間上，度量著我們的生命。
我坐在這把不舒服的老木椅上，
支著頭，聽大海在狂風中嚎歌，
風這麼大，百葉窗噼啪作響，
我們的房間，或麥爾維爾的房間

[17] 赫爾曼‧麥爾維爾（Herman Melville, 1819-1891），美國作家，其代表作《莫比‧迪克》（1851）又名《白鯨記》，描述捕鯨船船長對一條名為「莫比‧迪克」的白鯨的瘋狂追捕。這部小說被看成迄今為止美國最偉大的兩部小說之一。

好像一葉孤舟，我緊緊地握著這本
一八五一年頭版的《莫比・迪克》，

在這裡等你從海灘散步回來

2000年9月於俄勒岡雨津

愛米麗的慾望

愛米麗 ‧ 狄金森[18]就在跟這個房間一樣的房間裡寫下了她的詩歌——
他們命名這個房間是「愛米麗房間」。

這個房間是白色調的，星星點點的小碎花撒在床上，
飄在窗子的紗帘上，一切都婉約起來，
一張窄小的木質小桌，是她寫作的地方，
桌子是那麼小，擺不下我們的花瓶，
上面是一排她的書，或有關她的書，
她的畫像，就從桌子上看著我們——
看著我們進了她的房間，放下行李，就親吻起來。

窗子是那麼高，三面大窗把大海都請了進來，
海風呼嘯的黃昏，你在愛米麗的床上打著輕酣，
你累了，你要再睡一覺，然後再繼續……
我躺在床上，躺在你的臂彎裡，
看著凝視著我們的愛米麗，看著她微微張開的嘴唇
她的橢圓形向上仰起的臉，她的深凹的微抬的眼睛，
在黃昏的光芒中，她的面容微微抖動——

---

[18] 愛米麗‧狄金森（Emily E. Dickinson, 1830-1886）：美國詩人。詩風凝煉，比喻尖新，常置格律以至語法於不顧。生前只發表過十首詩，沒沒無聞，死後近七十年開始得到文學界的認真關注，被現代派詩人追認為先驅。與同時代的惠特曼，一同被奉為美國最偉大詩人，後世對她的詩藝、戀愛生活、性取向多有揣測。她是美國最多產和最著名的女詩人。

「一生，我為美而死。」她說，我點點頭。
「我把自己給了他，
拿了他，當作付的價錢。
生活莊嚴的合同，
就這麼正了名，就用這法子——」
我出聲地笑了，愛米麗，我們倆是同謀的姐妹。

「他是我的主人——他是我的客人……
如此無限無盡我們的交歡（交談），
如此私密無間，的確是的！」
我從床上坐了起來：想不到，愛米麗，你還真可以！
你不是一個老處女嗎？

「怨誰啊？怨梭子嗎？
嗨，這令人迷惑不已的交織一起！」
愛米麗大聲地叫了起來，我也大聲地笑了起來，
我滾倒在床上，滾在你的身上，
你懵懵懂懂地睜開眼，又把我攬進懷裡。

海風吹了進來——那麼大的海風，把愛米麗的房間鼓脹，
愛米麗的慾望，我的愛米麗，我不認識的愛米麗，
你的窗子是那麼高，夜晚的星星散落下來，照亮你的臉。

2000年9月於俄勒岡雨津

《愛米麗・狄金森詩歌集》，第449首、第580首、第1721首。

第一首給你的詩

我還沒有給你寫過詩。
我沒有想過給你寫詩。
雖然，我答應做你的妻子，做你的朋友，
　　　做跟你一起守望歲月的伴侶。
雖然，我為你翻譯過一首詩，一首古代的中國的詩，
據說是世界上最古老的詩歌之一。
我不知自己的翻譯好不好，我說，
請跟我用中文念這四句十六個漢字的詩，
你努力地，用你不懂的語言，重複這些詩句：
「死生契闊，與子相悅，執子之手，與子偕老。」
你是那麼努力，你的口音莫名其妙地像唱歌，
你下決心念得好好的，讓我為你驕傲。
這些走了調的詩句在房間內迴蕩，我聽著，
想到《詩經》時代的人們，
他們是不是也用這種奇異的口音說話？
《詩經》時代的男女，像我們這樣歷經滄桑的人，
他們是不是就這樣詠唱這些詩句？

你從來沒想當過詩人——你讓我看那些多年前，你匆匆寫就的韻句。你說，你沒給任何人看過，因為，沒有人有興趣。
你問我怎麼想。
我讀你寫的句子，關於大海，關於尋找和等待的狼，
關於海灘上堆集的漂木，想，這是好詩。
你說你從來沒想過做詩人，

你只想當一個好的醫生，照顧孩子們；
你說當醫生是如履薄冰，深恐出錯，
你的生活裡沒有詩歌的時間。
詩意的感受是你日常快樂的隱祕——
你潦草地寫下這些句子——
我不是詩人，你重複，好像在道歉。
我知道你不是自稱的詩人，
但這些是好詩。
你高興地為我寫起詩來，我大笑個不停，
但我卻沒有詩跟隨你，跟隨我們平凡的感情。

我沒有給你寫詩的衝動，我們是網路時代的愛情，
我們天天寫電子信件。
我每天早晨起床，做開水，泡一杯綠茶，
打開我的電腦，你的信在那裡，你比我起得早，向我道早安。
你談論天氣，園子裡的樹木花朵和大自然變化，
春天的嫩芽，夏天的茂密，時晴時陰的天氣，
今年的夏天，幾乎沒有下過雨。
我總是盼望下雨，
雨天我在房間裡睡大覺，我在燈下讀書，寧靜。
你每天都預祝我寫作有進展，很多天我卻什麼也不寫。
生活是平凡的，我們會不會有一天厭煩了這種平凡？
不會。你說，生活每一天都不一樣，怎麼會厭煩？
我永遠不會厭煩——

我是多麼幸運地發現了你！

你的眼睛瞪得那麼大，你的一雙清純的大眼睛
帶來了灰藍的大海和無際的藍天，
在經歷了五十年的風暴後，
在卡夫卡的城堡內囚禁了你的夏天之後，
你怎麼還會有這種碧藍的單純？你的孩子般天藍的心——
是你的職業使你永遠單純？還是你的不屈的拒絕：
你拒絕落入約定俗成的定義，
拒絕成為那似乎是標準的名詞、形容詞，
你浪漫地、理想地、幻想地、一廂情願地、不屈不撓地
捍衛你的單純的天藍色。
你成長在緬因州的海邊，你蹣跚學步的背景
是波動的大海，你推著你的小自行車，從海灘上跑過來——
在你蔚藍的眼睛中我看見了我自己，從黑暗中升起，
我來自另一個大陸，我的顏色是大地的顏色……

我們的相遇不是奇蹟，
我們的愛成了你我的奇蹟，不對任何人有意義，
甚至我們的孩子，他們都在我們的生活之外。
你的書信，那些美麗的情書，
像紛紛的花朵飄進我電腦的信箱裡，
在生活一次次地讓你失望，把你打倒之後，你怎麼
還會有這樣澎湃的熱情，擁抱生活？擁抱每一個今天？

我比你更嘲諷生活，我嘲諷那些昏頭的熱情，
我裝作老於世故，
你微笑著嘲諷我，揶揄我，
你把我輕輕地拽到你的「新天堂島」
——傳說中阿瑟王[19]死後前往的島嶼，在遙遠的西方的海上，
你以此命名你的房屋和山谷，
這裡樹林茂密，花朵遍地，綠草常青，
你和你的貝奧武夫、摩根猊婭、哈瓦蘇——
三條傳說中勇敢的狼狗一起，
他們保衛著你，他們視你為君王。
你在爐火前讀你的科幻小說、歷史小說，而我
坐在一旁，西雅和斯妲兩隻花貓在我身邊蹭來蹭去，
我們會不會就這樣老去？
雪花飄落下來，雪壓彎了窗口的樹枝，
大雪把離開「新天堂島」的路遮斷了。

我從沒有想到有一天我會遇到一個像我一樣不可救藥的感傷主
義者，
我總是掩蓋自己從林黛玉那兒感染的感傷，
在朋友們面前，我裝作冷靜、嚴肅，
我嘲笑自己，嘲笑讓我感傷的事物，

---

19 阿瑟王（King Arthur）：不列顛傳說中的國王，也是凱爾特英雄譜中最受歡迎的圓桌騎士團的騎士首領。

我要「酷起來」，堅定，無情……
你捅破了我稻草人的道具，哈哈大笑，
又溫柔地把我擁在臂彎：
「感傷有什麼錯？為什麼不能感傷？
感傷吧，讓我們一起感傷地旅行，
你看路邊的小花，小得像點點的群星，毫不引人注目，
它們的美是多麼地觸目驚心！
你看天上的小鳥，藍色的精靈，他們的飛翔多麼優雅美麗！」
你一一指點著山谷，山谷在你的手指下
靜穆起來，我們擁著彼此，看山谷的落日，
夕陽的光芒是一個真正的奇蹟，樹林鍍金，綠浪燦爛，
夕光洶湧，美，轉瞬即逝，
我們為美而生！我仰頭，看到你的淚珠輝映著夕光…

我以為我不再會有愛情——
在這個物質的世界裡我不知是否有愛情的位置，
我以為在這個陌生的國家裡我埋葬了我的愛情——
生活從零開始，
我一名不聞，一文沒有，
我住在學生的公寓裡，我僅有的是一輛尼桑舊車，
我花九百塊錢買的，
還有的就是我的兒子，一個比我高大的男孩子，
還有我該完成的博士論文。
生活簡單得不能再簡單：

我每天都是讀書和寫作，寫作和讀書，
我的兒子早上上學的時候，我總是站在窗口看他英俊的身影
閃在自行車的小路上，直到我看不見他了，我才回到桌前。
這就是我的生活，我以為我不再會有愛情，
我已人到中年，白髮開始爬在額角，
這就是我的生活，我以為我注定了與夢想為伴，
在現實中得不到的，我不再期冀。

你執著地闖進我的生活。你飛了三千英里，
僅僅為了可以跟我有一個約會。
我沒有你的視力，我沒看出你就是我要共度終生的人，
我把你請到京劇裡，
希望那震耳欲聾的中國鑼鼓驚醒你，
警告你我不是你要的那個人。
你站在教堂改造的電影院的迴廊裡等我，中世紀的背景，
樹影婆娑，我看見了你，故意裝作沒看到，
從你身邊開車開過去，我看到你的修長的身影，形隻影單，突然，讓我想到了孤單的我自己。
我在遠處停了車，慢慢地走了過去。
你伸出了手，伸出了注定了我們一生的手——
你的手是那麼纖細修長，你的藝術家的手指，
小心地查看新生嬰兒的手指，查看孩子們的身體的手指，
我愛上了你的手臂！
我們是從這裡開始的。你伸出的手，細細地顫抖著，

你的手，把我拉進夢想裡，拉進我少女時代的夢想，
你為我穿上了水晶鞋，
我們的舞會開始了——
在歷經滄桑之後，我們開始了我們的遲到的舞會。

你是讓人驚異的驚異！多少苦難才可以使一個人成熟？
多少勇氣才可以使人永遠年輕？
你談及聖誕夜晚的死亡——那些無法活下去的時刻，
你談及春夏秋冬的野營，你一個人，帶著你的狗，
躺在無邊的星空下，與星空對話
——他們是你的唯一的對話者。
你談及你的困惑，你的忍讓，你的屈從，
你的絕望。我想你是在談論我，談論我的一生，我的軟弱，
我對這個世界的一次次的輕信，我的從沒說出的苦痛。
我輕輕地吻你的睫毛——
你有著世界上最美麗的、最長的睫毛——

你使我美麗和年輕！我的成熟的芬芳，我的遲來的美麗！
我從超級市場出來，我的十七歲的帥氣的兒子，
在公共場合故作不認識我的青年，
輕輕地在我耳邊說：「媽媽，你不知道你有多麼漂亮，
你站在那兒，我看到你吸引了所有人的目光。
媽媽，以後我要為你拍一個電影。」
我從沒覺得自己這麼美麗過，我知道這是你的光輝，

你讓我美麗煥發，
我是你的美麗的女人，你的美麗的新娘。

這是我寫給你的第一首詩。
也許有一天，你可以讀中文了，請你讀這首詩，慢慢地讀，
想起我們相遇的下午，佛羅倫薩的海灘，迷漫的大霧，
我們好像是在月球上，
無人的海灘變得神祕、恐怖、荒涼、不可思議，
你拉住我的手，安慰著我，
你的平靜的聲音在空蕩的海灘裡神祕地迴蕩，
好像天外的聲音，我記得你緊緊握住我的手，
保證說我們一定會找到路，
我們的手握在一起，緊緊的，我們找到了路，
從迷漫的濃霧中，從那個下午。

2000年9月於俄勒岡雨津

終點站

——致鮑伯[20]

終點站到了，你在無人知曉的夜晚下了車。
這是多麼漫長的旅程呵，八十六年的歲月
恍若昨天，你剛剛從維斯康辛趕著雙輪馬車
來到荒蠻而美麗的俄勒岡，帶著新婚的妻子。
啊，這遼闊的田野，——「春天的田野，」
你是不是因為這個名字才停留在此？
成為木材場的工人，在這個小鎮走完了一生？

「一生」——多麼短暫的兩個字，怎麼能概括我們的生活？
我們實際上有許多的生命：現實的、想像的、夢想的、
失望的、等待的、以往的。我們的生命
是多重體，航行在時間的河流裡，
滿載著我們流動的複雜的慾望。

而你，下車了，靜悄悄的，沒打擾任何人，甚至你的子女。
兩個星期前我去老人院看你，你面朝牆壁躺在床上，
身子彎著，好像一個孩子，睡得很安恬。我彎腰看你，
輕輕地喚著你的名字，你睜開了眼睛，看到我，
你盡力回過頭，眼睛裡閃出亮光，我們都微笑著。
我打趣著：「還認識我嗎？」你點點頭。「你怎麼樣？」

---

20 鮑伯，Mr. Robert Dietmeyer，1996年9月底至1997年12月，我帶著兒子岸岸以免除房租的方式住在他家，照顧他，那時我和兒子都在讀書，兒子讀中學，我讀博士。鮑伯於1998年1月搬到老人院，兩個月後，3月去世。

「相當好。」你簡短地回答。這就是你，你從不多說一句話，
好像世界上的人都讓你厭煩，你拒絕與他人多交流一個字。
我掰開巧克力，放進你的嘴裡。你嚼著，抿著嘴，
享受著你最愛的甜食。我不明白為什麼許多人說
巧克力對你不好，不要你多吃。人人皆知你就要走了，
為什麼不讓你嚼著巧克力走？這就是我的詭計，
給你巧克力，你愛吃的巧克力。
你吃了兩塊，我站在床邊，為你掩了掩被子，
你閉上了眼睛，睡了，我離開了。
我沒想到這是最後一次，我餵你巧克力。

我離開老人院，祈禱著，我知道你保護著我
我固執而迷信地相信，你保護著我，因為，在你生命的
最後歲月，我們一起度過了很多時光，我盡心盡力地
照顧你，我盡心盡力地讓你舒適而滿足，我們像
一家人一樣。我覺得你是我的祖父，我從沒見過面的祖父，
我帶他一起活，在他年老的時候，照料他，
直到那一天，為他送終。
我曾多次想像過我會站在你的床前，
注視著你的臉，等待你離去。
你去年兩次生病，我天天都去醫院，有時，一天去兩次。
你呼吸急促，好像生命的弦隨時都要繃斷，
我在夜晚坐在你的床前，低頭為你祈禱，
我願你在我的祈禱中，上路，

我願你就此撒手，在我的禱聲中安然離去。

但你回來了，生命比我們所能承受的還頑強，
你一次次地回來，再坐在你的椅子上，向窗外瞭望：
空無一人的街道，陽光下燦爛的草地，松鼠
蹦跳著，從一枝樹幹跳上另一枝，他們看見你又回來了，
是不是也如我一樣，對生命充滿敬畏？
你越來越老了，你不記得穿衣服了，我為你穿衣；
你不記得點完煙後吹滅火柴，我為你點煙；
有時我也生你的氣，我剛剛給你清理完畢，你又
亂七八糟了，褲子又髒了，我要再次給你洗浴。
我不知是不是人人都會像我一樣，覺得沮喪，
我抱怨著，領你進浴室。我有時想，我為什麼不去做別的，
我可以寫作，我可以賣我的文章，我為什麼要
照顧一個本是陌生的老人？我抱怨著，給你洗頭髮，
給你噴香波，我要你香噴噴的，乾乾淨淨的。
等你從浴室出來，我們又和好如初了，
你是一個老孩子，
我會帶你到你的終點。

然而，你越來越老了，事情越來越多了。
進進出出的護士好像故意為敵，她不理解我們的關係，
她以一個俗常的美國人之心，不理解我們之間的聯繫，
她不理解我這個中國女人。

在她的糾纏下我覺得一切都變了，我也焦慮不堪，好像
自己時時被監視，被探聽，被監察，
我是這樣的脾氣：我受不了這個，
我受不了別人在我的生活中指手劃腳。
你被送到老人院，老年人的最後一站，是我為你整理了行裝。
我把你的衣服折疊整齊，把襪子寫好你的名字，
把你的外衣洗乾淨，裝進手提箱，開車送你到你的最後一站。
你很高興，像孩子似的激動於新的環境，
我離開的時候，用手撫摸你的頭，對你說再見，說明天來看你。
我實現了我的諾言，我天天去看你，直到我搬走了，我不常
來了，
我還是去看你，餵你水喝。我知道在老人院，不會有人像我
一樣
那樣照看你；不會有人像我一樣，懷著悲憫的愛心，對你。

你下車了，沒有對親人說再會，說話不是你的習慣，
你是一個緘默的人，話語到了簡得不能再簡的地步，
你成日成夜地一言不發，讓我驚異你對這個世界的拒絕。
你喜歡觀看。我常常打趣我和岸岸是兩個演員，為你
演出啞劇——我們說中文，我們談中文笑話，我們大笑，
你也隨著大笑，好像你看懂了人間喜劇。
你有著特殊的飲食習慣，你喝很多的水果汁，吃同樣的食物。
我知道在老人院你不能保持你八十多年的習慣，
你會迅速地，盡早地離開。但，接到你逝去的消息，

我和岸岸仍然震驚——我們早知有這一天，然而，
我們沒想到，這一天來得是這麼快。
三個月，在耗盡了你最後的熱量後，你撒手了，沒帶拐杖，
就在你的終點站下了車。

我曾躲在你離開的門後哭泣，然而我無法幫助你，
就像很多時候，我無法幫助我自己。
我無法決定你是該留在家中，還是去老人院。
我不是你的家人，我沒有權決定。
即使你留在家中，再多活一年或一個月，又有什麼意義？
生命的意義是什麼？如果我們的生命不充滿夢想，如果
我們只是等待最後一刻的降臨，我們幹嘛要活？
我們為什麼要存在？生命和死亡的區別何在？
另一個世界是不是更平靜和幸福，如宗教所保證的那樣？
或者，一切只是幻想？我們太脆弱了，
我們要虛幻來安慰我們，
我們固執地要一個安慰，緩和我們深深的恐懼，
我們對死亡的深深恐懼。

對死亡我一無所知，對生活我也所知甚少。
你的年齡比我的兩倍還多，你的經驗——
你不傳於人的內心祕密——
是什麼？你是不是領悟到生命和死亡並無區別，
所以你沉默寡言，

對活的世界一言不發。也許，生命和死亡的界限太脆弱了，
你不能說，說也沒有意義，這個界限只有個人才能發現。
昨天，我的兒子讀俄國偉大的作家陀思妥耶夫斯基的書《卡拉馬卓夫兄弟》，
驚訝地對我說，「媽媽，你說這是他最偉大的書，
但陀思妥耶夫斯基說他最偉大的書是這本書的續集，但他沒來得及寫。」
我回答我的兒子，也是回答我自己：「這就是我們人類的悲劇。
我們總是趕不上我們該搭的車，我們以為還來得及。」
我以為還來得及，我計劃這個週末去看你，我本想上個週末去的，
但我去波特蘭了，沒來得及跟你告別，你就離去了。

我對你深懷感激——和你在一起的日子，使我和兒子的生活變得容易，
當我需要獨自一人通過艱難的博士大考，你成全我，
住在護理院裡，等我考試後接你回家。
我通過了考試，我現在是博士候選人了，我有了新的工作，你似乎覺得完成了使命，
你不說告別就下車了，留下滿屋的人，滿屋不悲傷的人——你是太老了，
你該走了——人人都這麼說，我也這樣想，但我，
滿懷感激地、憫愛地為你哭泣，
我對你深深感激。

我們在一起生活了差不多十四個月，四百多天，
我們的日子平淡如水，我們的日子是關懷，是幫助，是互相的攜手，
在你生命的最後一年裡，我盡心盡力，為你的舒適和滿足，
我是一個愛他人的人，通過幫助你我幫助了自己，
通過關懷你，我愛我的兒子和我自己。
你使一切成為可能，我對你深懷感激。

也許這就是生命的意義：幫助這個世界那些無助的人；
在他人需要的時候，幫助他人；
在自己困難的時候，充滿勇氣。
這就是你的生命的意義：幫助我，使我在這個異國他鄉活得容易。
你無言的生命是那幢溫暖的小房子，庇護著我們，
我曾覺得那就是家，在搬出的時候，我滿懷惆悵，愁緒悠長，
我久久地在房間裡流連，好像告別長長的流水一樣的時光。
你不在了，房間裡的暖氣停了，
房子裡空蕩了，我搬走了，
門口的兩棵高大的松樹遙望我們離去的背影，
風聲中的松樹，寂寂相守，四季常青，等待誰的歸來？

你下車了，你讓路了，給你的子女，給你的孫兒孫女，
你再也不是任何人的負擔了，你睡著了，不再醒來。
太陽照樣升起，你睡去了，夜沉沉，不再在太陽升起的時刻

醒來。
太陽照樣升起，生命逝去，「子在川上曰：逝者如斯夫。」
太陽照樣升起，一個清新而美好的早晨來臨，
在生命和死亡之間，一個清新而美好的早晨來臨了。

1998年4月於俄勒岡雨津

一生

——致鮑伯

黃昏的後園，音樂與薄霧同升，
此刻，就我們倆人，在淺風細雨的冬裡——
雨津的冬天，雨水綿綿——
我聽著你殘存的濁重的呼吸
生命捨我們而去，而你守望著誰？
依戀著誰？
苦苦撐持到一個明天又一個明天？

我知道你是怎麼老去的
你的賽馬永遠奔馳在發黃的照片裡
你站在妻子身後，陽光刺痛了你的眼
你眯著眼，冷冷地看著
你看著誰？

後來就是我不知道的事情。
比如，還是賽馬，你真的賽過馬嗎？

我以為愛是漫漫黑夜
擁圍著我們年輕時夢想的未來，
然而，有一天
我不再懷著激情寫作
我關上門，連夢也沒有。

你那天穿著剛洗的白襯衫，
陽光下你挺著胸，像剛當上班長的士兵，
你的頭髮又濃又密
你親吻你的女友的時候，陽光點著了密密的
樹林，每一片葉子都明亮起來
每一片葉子都緩緩燃燒

（這好像是我和我愛人的故事？）
我就記不清了。

如今坐在靜靜的黃昏裡
你憶念往事嗎？
你回想做愛後的惆悵嗎？

聽，音樂停止了！
霧氣更濃了
後園的青草淹沒在雨霧中
我們的一生就過去了
如你——孤獨的緘默者
守望著
故事的結束

1997年11月於俄勒岡春天的田野鎮

春天的輓歌

——獻給我的老姨張桂芹女士

死亡把你帶走，就像春天把冬天帶走，
春天喚醒了萬物，春天柔軟了天空，
春天在冬天之後，不可阻擋地攫取了大地，
華北平原的大地，黃土混沌的大地，
正在春天裡從寒冷中甦醒。

然而，熱鬧的春天裡萬物醒來，你卻再也不能伸開手臂醒來，
你躺在寒冷的地下，你躺在黃土甦醒的地下，靜聽著，
春天的腳步踢你而去，靜聽著，花朵開放的歡笑，
你躺在地下，你無法回過頭來，看看你十歲的女兒
她在放學回家的路上，想著你蒸的饃饃，突然地哭了，
沒人看見她的眼淚，
春天是空曠的，對沒有媽媽的孩子來說，
春天是一條望不到頭的，灰塵瀰漫的大路，
沒有媽媽的身影。

我在這個燦爛的春天裡，
在死亡帶走了你的又一個春天裡搬家，
從「春天的田野」鎮搬回雨津市，
我開車來回地穿行在鮮花怒放的、芬芳瀰漫的、陽光燦爛的異國城市。
在一趟趟的往返中，我不停地想念你，
我的老姨，你躺在寒冷的地下，你聽到我的呼喚，
你不能回轉頭來。

我怎麼也不能相信，你實際只比我大十歲，
你實際只比我——你的外甥女，大十歲。
我出生的時候，是你來幫助你的姐姐坐月子，
你十歲，你照看我和你產後虛弱的，脾氣厲害的姐姐。
多年後你告訴我你姐姐常常打你，你就抱著我，站到門口去。
你說，我兩三歲了，你總是背著我，到街上玩，
我最不愛在家待著。
「你野著呢。」你說。
我點點頭，你最知道我，我兩三歲，就野著呢，
就要你帶我滿世界去亂轉，就想看看世界是什麼樣，
是你帶我到外面看世界的，我兩三歲。

如今我的兒子十五歲了，他不會照顧我，
他不收拾房間，他的衣服髒了，他就扔到洗衣機裡，
很多時候，他連這些也不做。
你十歲，你抱著我，你洗衣服，你做飯，你挨姐姐的打，
「我受不了了，就回家了！」你回憶，沒有怨恨，只有遺憾，
「要是我當初不回家，就跟著你媽，也許，我也就留在城裡了。」
你說話的時候，很平靜，只有一點點遺憾，你隱約地看到了
你的也許不同的命運，城市婦女的命運。
你很平靜，而我，卻心潮起伏，
我看見了在貧窮的鄉村的土路上，你的矮小的身影，
你背著一個小包袱，孤獨地從北京回到你的家，

你的父親，1961 年，逃荒去了遙遠的東北，
你的母親，我的外祖母，脾氣與我的母親一樣壞，
正為下一頓飯吃什麼而發愁，家裡粒米未有。
你回來了，又是一張嘴，一張張開的，需要食物的嘴，
你的身影是那麼遲重，你知道什麼在等著你。

你留下了我，兩三歲的我，你想念我；
你做鞋給我穿，你在給我的鞋上繡滿了小小的花；
你給我做棉襖，我的棉襖又厚實又暖和；
棉花是你採的，棉線是你紡的，
棉布是你織的，棉襖是你做的。
每年，你給我寄來新的棉襖，
我穿你做的棉衣，你緔的棉鞋，
過了一個又一個嚴寒的冬天，我習以為常，
我的老姨，她年年給我做棉襖。

我以為你是上一輩人，
我以為你是比我大三十歲或五十歲。
你坐在我的面前，兩隻手忙活著，我注視著你的手。
這是怎樣的一雙手啊！粗糲，粗糙，骨節粗大，紅腫，
像陳年老樹的死枝一樣，訴說著艱辛、勞作、酷礫、苦難。
我注視著你的手，你在說話，我什麼也沒聽見。
這是一雙怎樣的手啊！
我從來沒看過任何人的手，像這雙手一樣！

它顯得那麼奇特的大，與你瘦弱的身軀不成比例地大，
它比想像中的男人的手還要粗糙，堅大，
它的皮膚不是皮膚，是皮，是皮革，有著深深的裂痕，
它的顏色是棕紅色的，好像多年風乾的臘肉，
我注視著你的細弱的臂膀，你的手似乎不是手臂的一部分，
它是一個外星的製品，一個多年異化了的人的器官，
那使它異化至此的過程，我知道，是貧窮與勞作。

你閒過嗎？在你的短短的一生中？
無論什麼時候，我見到你時，你總是在忙活，
我甚至想不出來你靜坐著，什麼也不幹，會什麼樣。
我記得你坐在炕上，靠近窗戶前，窗戶是紙糊的，
陽光從窗戶裡滲過來，小小的窗上，有你靈巧的手剪的窗花，
你在縫製新年的衣裳，你的身影在陽光裡顯得黯淡，
我抬起頭看你，忘了讀我手裡的小說《歐陽海之歌》。
你說：「有什麼好看的？」我回答：「老姨，你真好看！」
你用腳踢我，嫌我胡說八道，叫我滾到外面玩去。
你那時還沒有對象，好像媒婆在張羅你的終身大事，
你害羞，連聽都不要聽。晚上的時候，你悄悄地問我，
「我長得到底怎麼樣？」我發誓說你長得好看，你搖搖頭，
不信。
你告訴我，你的雙胞姐姐才好看呢。誰？我問？我媽嗎？
「不，是我的同胞姐姐，和我一起出生的，
人人都說她比我好看，人人都喜歡她，

你媽不喜歡我，喜歡她，因為她好看，可惜，
她太好看了，她命短，她早早地死了。」
我震驚了，我仔細地端詳著你，好像另外一個你，
你的雙胞姐姐的模樣，
我不知女孩子太好看了，就會死得早。

在你如花似月的年齡，在你情竇初開的日子，
一次，你要我去替你買「豆紙」。你叮囑說，要淺棕色的、柔軟的、豆色的，千萬別買錯了。
我答應著，蹦蹦跳跳地到「合作社」去，買來了
五大張「豆紙」。你一看，哭笑不得，我終於是買錯了！
我只好到合作社去換。
我說我老姨要另外一種「豆紙」，不是這種。
合作社的老頭大含深意地笑著，換給了我。
多年後我才明白，你要我買的是你來月經時用的草紙。
那時，你害羞，你只是一個少女，你不好意思買這種用品，
因為，它意味著你的身體跨進了新的階段，你作為女人的開始。

你出嫁得很晚，你二十四歲了，才出嫁。
我不知道為什麼你嫁得那麼晚，鄉村的女孩，十八歲都嫁了。
是不是我外祖母太挑剔了？
外祖父死了，死在遠方，死於飢餓，
外祖母帶著你和舅舅兩個孩子，在農村艱難度日。

為什麼我母親不幫助你，找個城裡的丈夫？
你那麼想來城裡！
是誰阻擋了你到城裡來的路？
你夢想到城裡來，卻無路可來，
你出嫁的時候，是個老姑娘了，
你嫁給了一個比你小兩歲的男人，他當兵回來了，
他家住在城關，在縣城的城關，
你離城裡近了一點點，雖說是個縣城。
你結婚了，你衰老了，你瘦骨嶙嶙的，
才三十多歲，你的手有一百歲。
你的手訴說了你從未抱怨的艱辛和艱難。
你沒有錢，你的丈夫是個身強力壯的男人，但你們是農民，
誰把中國農民製造成中國社會最底層的階級？
他們最苦，最無處訴苦。
你只是一個普通的農婦，你們的生活是貧窮的，艱難的。

我也沒能幫助你。
我大學畢業了，我工作了，我忙於自己的生活，
我沒有到農村去看過你，你年年來北京看望我們，
我習以為常，我沒有給過你錢，我沒有幫助過你，
我曾給過你的女兒零花錢，你不讓她要，但我從沒有給過你。
你為什麼從不張口？我是應該孝敬你的啊，
你是我的親愛的老姨，我的唯一的姨，
我以為生活的流水長著呢，我沒有預料到——

你生了三個孩子：兩個兒子和一個女兒。
我們從沒談論過你作為一個女人的生活，
你的丈夫，似乎是一個很粗獷的漢子，他心疼你嗎？
我不知道。他是個什麼樣的人？你的婆婆很霸道，
是個傳統的、典型的中國婆婆，刁蠻而且心胸狹小，
你是怎麼度過來的，那些新婚的日子，你伺候熬成婆的婆婆，
你伺候身強力壯的丈夫，你下農田，
做家務——你宛如一個奴隸……
我記得你向我媽媽哭過，你說你受不了，受不了了，
但你還是受了，就如你離開了姐姐的家，回到鄉村，
這是命，我們的命，女人的命，你說。

漸漸地你說生活好多了，你家做豆腐，小本買賣，
你在市場上賣背心、書包、針頭線腦，你家有了拖拉機。
你來北京時，給我帶來了牛仔書包，給我的兒子帶來了背心，
你總是說，日子好多了，我信以為真，我沒有給過你錢。
你的兒子結婚了，你的二兒子也結婚了，他們都不滿二十歲。
你為了給兒子們蓋房子，你奔忙勞作。
你在我離開中國的那天，突然來到北京。
我們都又驚又喜：你怎麼知道我們要到美國去？
「不，我知不道。[21] 我只是覺得有什麼事，我得到這兒來看看，
我就來了。」

---

[21] 河北省容城縣的口語：「我不知道」為「我知不道」。

你匆匆趕來為我們送行，
我卻沒能為你送終。

死亡帶走了你，就像春天帶走了寒冷的冬天，
你躺在病床上，十分清醒，很安詳地迎接死亡，
窗口的陽光太濃烈了，塵土在玻璃窗子射下的陽光裡飛舞，
你安然地看著飛舞的纖塵，你覺得疲倦而安詳。
這是你第一次不必早早起來去準備熬玉米糝粥，
這是你第一次躺在柔軟的病床上，享受別人給你做的雞湯。
這是你第一次，只是躺著，躺著，讓勞累的四肢休息
你躺在病床上，縣城醫院的病床上，等待死亡。

你不到四十八歲，你只比我大十歲，
你曾夢想著到城裡來，過一個普通的城裡人的生活，
你的夢想，沒能實現，
你是在北京城裡出生的，
你的父母因為土改而回到家鄉，以為可以保住自己用血汗換來的幾畝土地，
農民的土地，是他們的命運，
他們被迫把土地「共產」了，你的父親，我的外祖父，
1961年，在飢寒交迫中
滿懷希望去北大荒，尋找可能的活路，
他死在去北大荒的路上，他的遺骨，終究，沒能運回家鄉。
你夢想著嫁一個城裡人，你的夢想沒有實現，

你滯留在黃土漫漫的華北平原的鄉村，
你埋在黃土荒涼的鄉村的路旁。

我幼小的時候，你背著我看外面的世界，
我現在可以帶你到外面看世界了，
你卻不能回轉身來，接過我的手，
你給我做了很多棉衣，我穿著你的棉衣長大，
我現在可以為你買華貴的首飾了，
你卻躺黃土下，成為一片永恆的泥土，
你給我的是你所能給的全部的愛，
我卻無法報答你，用我的愛。
我哭喊著，對死神說不！！！不！！！
你不回答我的哭喊，你的小外甥女兒的哭喊，
連小包袱也沒帶，就遲重地走了，就猶豫地走了，
就走了，就走了，就這樣，簡單地，一無所有地走了！

我昨夜夢見了你，我們在夢中緊緊地擁抱，
我感覺到你的冰涼的體溫，你的瘦弱的身體，
你的堅實的骨頭頂著我的身體，
我那麼高興，在夢中，我說，我是多麼高興你又來了啊。
你說，你已經死了，但你想念我，你就來了。
夢中的我震驚地感覺你的身體的份量，你沉甸甸的，
我好像喘不過氣來，我抱著你，你是那麼沉重，
你是那麼沉重，我醒了過來。

窗外一片黑暗，路燈熄滅了，
黎明前的黑暗，我聽見了沙沙的雨聲，
好像還有你離去的腳步聲，
我坐了起來，坐在床上，哭你，
我的老姨，在雨聲中，在異國的沙沙的雨聲中。

我看見你躺在黃土下，你的勞累的手休息了，
你的疲倦的大眼睛合上了，
你的夢想，一個鄉村女孩的夢想——
到一個不同的世界裡生活的夢想
與你同在了，實現了，完成了。
我明白你為什麼那麼安詳。

為什麼我過去什麼也不懂呵！我只比你小十歲！
我什麼也不懂！我沒有安慰過你，我沒有傾聽過你的哭訴，
我知道，卻沒行動，我不懂得你需要我的愛支撐，
我是個黃毛丫頭，只是忙注於我自己的事情，
如今我懂得你了，你卻再也不能伸出手來，讓我握住你的手。
你走了，不知道世界上與你同年齡的婦女還可以上大學，
你走了，不知道女人還有其他的命，
你走了，沒有說告別和再會，
對這個養你的土地和圍繞你哭泣的家人，
你是那麼安詳，輕輕地關上了門。

我是在異國的土地上得知你走的消息。
我臉色陡然地變白了，我先是半晌無聲，
心沉到無法測量的海底，
然後，突然尖叫起來，不！不！不！
我無法接受這個事實：你只比我大十歲，
而你卻走得這樣急，離得這樣快，
上輩人是我們的傘呵，我們在他們的庇護下躲開死亡。
而你不在了，你不再庇護我。
留下我苦苦地想念你，並害怕
不可測量的未來。

我看見你安詳地躺在病床上，
灰白的床單蓋著你瘦弱的身體，
我看見在你頭上飛舞的陽光、塵埃和灰塵布滿的窗戶，
窗外是春天了，春天，正等著把你帶走，
春天把你帶走了，就像春天帶走了冬天，
春天把你帶走了，就像春天帶走了死亡枯萎的冬天，
你安詳地等待著，春天，
春天的輓歌。

1998年3月於俄勒岡雨津

一個女權主義者的離婚辯白

——給友人林木

遙遠的不僅是距離：
從中國到美國，幾萬里山和水
在我們之間。你的北京時間比我的早
十六個小時。此刻，黎明的光線正催你起床，
而我，坐在下午的涼亭裡，一本書
攤在桌子上，等著打開，
街上空無一人。

這就是我們的現實。
唯物主義者相信：存在決定思想。
於是，我們遙遠了，藍濛濛的晚霧從海上湧來，在
我的窗外，我用白紙把窗子糊得密密實實，
徹底地看不見外邊——是鄰居家太安靜的後院。
我看不見，我不想看見，我蒙上白紙，想像
我是在北京白廟胡同幽暗的房間裡
等待我的丈夫歸來，
我就這樣活在我的兩個國家之間。

有一段時間，我住公寓的時候，
我把臥室的窗子用雙層窗簾蓋嚴，
在白天也得開燈，我在燈下讀書，我讀得專心。
我在洞穴裡活著——在那幽暗的臥室裡，我
沒有愛情，也沒有情慾，只有書和我相守。
我樓上的房間，那對把頭髮染成綠色的夫婦，

夜夜狂歡，做愛的歡叫和地動山搖的激情
把我從疲倦的用功中喚醒。我仰頭看著我的房頂
不用想像就知道生活是什麼樣。特別是在這個
自由的、好來塢影片塑造的浪漫國度裡。
過了不久，我見到我的女鄰居。她的肚子凸凸的，
我驚異情慾的果實結得如此迅速。

在那段時間你來信說有了女朋友，你搬去和她同住了。
我為你高興！我讀你的信時，正磨咖啡豆，燒開水，
把散發著誘人的香味的咖啡放到過濾器裡，
一杯濃濃的咖啡，再放一點奶乳，
咖啡成了琥珀色，口感潤滑，滋味完美，
我啜著咖啡，看外面樹林中的松鼠，
年輕的小動物，又蹦又跳，
好像你的生活，我也幸福起來，
孤獨也變得如我的咖啡一樣。

生活總是不讓我們的失望落空。
你猶豫你的選擇，朋友文鋒給我來信說你們不太和諧。
為什麼我立刻匆匆忙忙地寫信給你，勸你寧缺毋湊，
孤獨一人比痛苦地適應要好得多！
這個不合時宜的建議！
還有沒有朋友對你說這種話？
生活教會了我那麼多東西，

我想把結論告訴每一個我愛的人，
但很不合時宜，我總是這樣，沒心沒肺，
老話說寧拆三家廟不破一家婚啊，
但我想給你我最真的友情，我沒有禮貌，
今天你來信說，我的離婚並不那麼必要。

距離。
你說：「女權主義在很多地方是很荒唐的。
不要為女權而女權。」
我讀著你的信。今天我要開一個烤肉晚會，
為要離開的三個朋友，他們都畢業了。
我醃牛肉，泡雞肉，準備炭火，
把啤酒放到冰櫃裡，調好溫度。
買啤酒時我挑了半天，是買這個還是買那個？
微甜的？還是微苦的……
多種不同的啤酒，上十種牌號，我特別喜歡黑啤酒，
但是，我買了淡的，我不想喝得太多，
我不想沉醉於我太愛的口感中。
「女權主義者的酒，很有控制。」我對自己說。
我想這就是我的離婚決定。

我的書架上——來美三年我有了三個書架——
排滿了不整整齊齊的書：
女權主義理論、文學理論、電影理論、理論——

我泡在理論中，生平頭一次覺得理論比很多小說好看，
有時也比詩歌耐讀。在中國的時候，
有一次開玩笑，丈夫說我是
「哲學的天敵」。因為，女人沒有理論的腦子。
沈睿的頭腦不是理論的頭腦。
我有點惱怒，又覺得他或許說得對。
沒有一個人對我說過我可以讀懂理論書，
從小到大，到我三十七歲。
在我長大的過程中，母親教導我要勤快，
會做飯，會織毛衣，會伺候男人。
我小的時候，看到父母吵架，
父親揮起手來，我憤怒地與父親爭吵。
母親攔住了我：
「男人打女人，是正常的，他這樣才是一個男人。」
我緊握住拳頭，看著母親美麗的臉上的傷痕，走開。

就這樣成為女人！我是一個笨手笨腳的女孩，
我不會織毛衣，無論我怎樣學，織毛衣
是這麼難學，我學不會。我也學不會繡花。
（但結婚後，我給丈夫織了兩件笨笨的毛衣，他記得嗎？）
大學畢業剛五個月，我就結婚了。
生活還沒有開始，我就知道背叛和謊言的顏色，
我還是結了婚，我以為我可以用愛抹去心靈的傷痕。
我在婚後的第五個月就懷孕了，

我還不知道做愛的歡樂是什麼，
就已是母親。我不知道性高潮的神祕，
那是很久以後我才體驗的感覺。
成為女人，女人，女人。

孩子三歲了我才有了自己的一間屋子，你在那裡住過。
那幢幾百歲的老樓，灰色的，比歷史還灰色。為了那間房子，
我哭過多少次，走過多少門檻，去央求高高在上的官僚。
我歡天喜地地搬進了
那一百年前風月繁華如今風燭殘年的老樓，
那是十一月，我出生的月份，我就二十九歲了！
在搬進的幾天後，我去了北師大，報考研究生。
我渴望讀書，我想去學習。
考試日期是春節之後。
我每天上班八小時，晚上回到家，
照看孩子，洗衣服，做飯，孩子睡後我才能開始預備功課。
我比孩子還累地想睡覺，而且，我又懷孕了。
懲罰。這是一個女人要承受的什麼樣的懲罰？
人工流產。在婦科手術室裡，我躺在冰冷的手術床上，
我的腿被緊緊地綁在兩旁，
疼痛使我失盡顏色。鮮血流盡的不僅是我沒出生的孩子，
是我，是晃在我眼前的無血色的陽光。
從手術室裡出來，我騎車回家，沒有人陪伴我，
我親愛的人在家中要寫他的文章。

從醫院到家是一條喧鬧的長長的道路，
臘月的北京，我形隻影單地騎車，
呼嘯的北風送我回家，
我甚至沒有休假！正值年前，工作太忙，
我也不好意思破壞單位的計劃生育優良成績。
（人工流產會為計劃生育指標抹黑，
年底，大家在等計劃生育指標優良的獎金。）
我把頭用厚毛巾包上，坐在辦公室裡，
望著窗外的鐵欄杆——我的辦公室有著監獄的外貌。

春節前，公婆叔姑都來到北京，住在我新分到的一間房中。
我曾請求：「可不可今年不請他們來？我想準備考試。」
「不行，他們從沒來過北京，他們住在小山鎮。
我們有了房子，他們要來看看北京。」
七口人，一間房子，一九八六年，春節。
婆母親愛，是我敬愛的人，至今如此。
看到我準備考試要去讀書，良言勸道：
「你一個女人家，讀什麼書！你男人讀書就夠了。
你有丈夫、兒子，你還要什麼？
你到底要什麼？」

我沒考上。「我就知道你考不上。」我親愛的人說。

灰色的冬天。從老樓的窗口望得見北京老房子灰色的房頂，灰色的波浪起伏，如我的日子。
新買的彩色電視帶來了外面的斑斕，
也帶來的第一次的暴力。
我的半個門牙被打掉了。
「男人打老婆是正常的。他這才像個男人。」
母親為我揩乾眼淚：「別長住在父母家，孩子在等你。
你是女人，家是你的命運。」
屈辱是女人的命運。
我回到了我付出特殊代價得到的房子裡，
家。我是一個女人，女人，女人！

我開始讀女權主義，我知道女權主義在談什麼，
她們在談論我的生活，我經歷的一切，我感知的一切，
我的身體，我的疼痛，我的歷史，我的命運。
我知道我不是一個人經歷了這一切。
我是和所有的女人一起，
我是和我的母親、婆母、姐妹，古往今來，
我們是不如男人的人。
如果男人是人，我們女人只是半個人，或與「小人」等同，
如我們的思想奠基人孔子所說。
女人的腦袋比男人小，個子比男人矮，力氣不如男人大，
為此，女人要服從比自己大的、高的、力氣壯的，
要三從四德，從父從夫從子，即使他們全是笨蛋。
女人有月經，女人髒，女人是禍水，是狐仙，

可「男人的一半是女人」——請注意這裡的語義錯誤：
常識：人類的一半是女人。
概念就這樣被偷換了，男人自以為是整個人類。
（我記得同名小說被熱烈地歡呼過。作者得意洋洋，
在最近的一篇文章中說：
「女人是男人慾望的對象，有什麼不好？
女權主義要女人不當男人慾望的對象，可怖！」
這讓人哭笑不得的愚蠢的論斷。）
語言就這樣安置了我們的位置：不得越位。
我們接受了。
我的母親樂於這個位置，她為我父親做了一輩子的飯；
我的婆母樂於這個位置，她為公公洗了一輩子的衣服；
她們教育我也如此，我和她們一樣：
生孩子，洗衣做飯，盡力做一個好女人。

做好女人很難，真的，因為要犧牲、忘我、付出、愛他人而不愛自己。
男人為我們花錢，為我們買漂亮的衣服，買化妝品，
讓他們喜愛，讓他們白天和夜晚都情慾奔發；
女人的情慾很可恥，我母親從未與我談過性；
我第一次來月經的時候，嚇得不敢起床，
我以為只要躺在床上，血就不會流出。
女人的性高潮，這讓男人害怕和渴求的神祕收縮，
使身大力壯的男人發瘋，使瘦弱的男人發狠。

女人的情慾只有男人才能滿足，
女人在自己的情慾之外。
我們用謊言餵養自己：
女人不能太聰明，也不能太能幹，
一個家庭的穩定靠一個不怎麼聰明和能幹的女人。
偉大的男人需要弱智的女人襯托和崇拜，
當一個偉大的男人遇到一個能幹和聰敏的女人，
他就渺小起來。這個邏輯我不大明白。

我愛男人。我相信他們是報紙頭版上的照片，
他們主宰我們國家的命運；
他們在召集重要的會議，討論權力的再分配；
他們決定詩歌的前途，他們決定詩歌該怎樣寫。
我愛我的男人，愛他的身體，愛和他做愛，
愛在他的臂彎裡睡去，枕著他的汗水和鼾聲。
我為遠行的丈夫整理行裝，等著遠行的他歸來，
我是一個好女人。

一九九二年，漫長的夜晚，疾病和孤獨，
西單白廟的夜，比任何的夜都長，
在灰暗的孤獨中，我渴望友誼，渴望愛情，
你曾在我的寂寞的黃昏多次地陪伴我，
我們常常談到深夜，談日常生活，談蘇格蘭的女孩子艾麗，
沒有人的神情像她那樣純潔，

沒有人像她那樣就是青春本身。
你的愛情，那沒能燃燒的愛情，
為什麼愛情來臨，我們卻自慚形穢，悄然走開？
是愛得太深，愛得凍結了慾望？

我生病住院的時候，艾麗天天在醫院的院子裡等我，
我們並肩散步，沿著東單大街，
在東單花園的草地上躺著，曬太陽。
她說：「沈睿沈睿你該到國外去，去旅行，去學習」。
我搖頭：我不行，我不聰敏，不能幹，也太老了。
她回英國的那天，藍眼睛都哭紅了，
從黃色的出租車內她向我招手：
「沈睿，到國外去吧，你會重新開始！」
我第二天做了手術，在死亡和生命之間，
我努力回來了，一個手術
讓我體驗死亡的滋味。

一年後艾麗再回到中國的時候，
我已寫了獻給她的十幾首詩歌。
死亡使我渴望遠行，我背上了背包，
告別了年邁的父母，告別了幼小的兒子，
告別了父母剛剛給我的新居，我的新居是多麼好啊！
我就這樣離開了中國，艾麗是煽動家，
她手拉著手送我出國門。

艾麗稱我是她的「姐姐媽」。
「姐姐媽你走了，我就沒有女朋友了。」
「妹妹女兒我走了，我把你帶到天涯。」

我就這樣開始學習女權主義。
我發現我和男人一樣能讀理論書，我信仰男女平等。
這就是女權主義的定義，我成了女權主義者。
如果你相信這個原則，你也是女權主義者，
就這麼簡單。女權主義不是魔怪，
如果你相信女人也是人，你就是女權主義者。
女權，女人做人的權利。
如果你嘲笑它，蔑視它，
你就是在幫助剝奪你的母親姐妹做人的權利。
女權，不是用一種壓迫代替一種，而是，
在男女不平等的歷史和現實中，
為男女平等的未來開路，
如果作為人，我們嚮往更好的未來。

女權的實現還只是藍圖。

你說我不該「為女權而女權」。
為什麼？為女權而女權有什麼壞處？
難道應該為男權而女權？
千年的歷史男權已經安排了女權的位置，

在西曆兩千年的最後幾年，
聰敏的女人還要假裝低著頭，以襯托男人的高大？
「造反有理！」我曾是個紅小兵，
我相信對既存的規則的挑戰，
這才是藝術的哲學：
一個真正的詩人必須對既存的詩歌挑戰。
「媽媽，偉大的畫家畫出和別人不一樣的畫。」
我的兒子決心當一個畫家。
我決心當一個有女權的女人，我不是第一個，
我甚至對愛過的人懷有深深的親密親情，但是，
我就要四十歲了，我不再接受「像男人的男人」。
我愛的人，應該是一個完整的人，
如果他愛我，他應該跟我站得同樣的高，
如果他愛我，他應該懂得，我愛自由，愛思想，
愛戴閃光的耳環和叮噹的手鐲，
不為他人，僅僅為我自己的快樂。

今天從下午到夜晚我一直在給你寫這首詩。
我的晚會就要結束了，
這是一個「為了告別的聚會」——又是米蘭・昆德拉[22]——

[22] 米蘭・昆德拉（Milan Kundera, 1929-2023）：捷克／法國作家。出生於捷克斯洛伐克，後移居法國，以捷克語和法語寫作。其主要著作有：《笑話》（1967）、《生活在別處》（1969）、《為了告別的宴會》（1972）、《生命中不可承受之輕》（1984）、《不朽》（1988）

你的信引證他的《生活在別處》，那本諷刺的好小說。
生活在別處，還是在這裡？
我的生活，平凡的日子，買東西，清理房間，
接送兒子上學，下學；我讀書，教書……
朋友們就要走了，他們善意地嘲弄我在聚會上還寫詩，
他們在後院內烤肉，他們把啤酒都喝光了，
他們過來敲門問我寫完了沒有，
我回過頭來，他們就要走了，我起來和他們擁抱告別。
艾米莉要去芝加哥，「你可不可聖誕節來看我？」
計劃和未來。
我開車送洋子回家，她不久要搬到西雅圖去。
我們擁抱告別，我們都喝得有點多，我們為離別而哭，
我的好朋友，日本的好朋友，我的終生的好朋友，
為了告別，我們聚會，
「千里搭涼棚，沒有個不散的宴席！」

我開車回來，在高速公路上，車速很快，我在飛翔，
我喝得有點多，我喝了一夜晚的酒，寫了一夜晚的詩。
我駛進好景街，我住的街區，我打亮轉彎燈，緩緩駛進車庫。
我的兒子站在門口，為我打開車庫的燈，大聲地說：
「媽媽，戴安娜王妃死了，死於車禍。我站在這裡等您回來。」

等。他是二十世紀最有影響力的世界作家之一，其風格反諷、深刻、富有哲思。

我停下車，震驚地聽兒子報告消息，震驚：
死亡如此容易地帶走人們，帶走不可一世的征服者，
戴安娜王妃，美的象徵，永遠青春的偶像，三十六歲，
在離婚一年之後，死於車禍。
在超級市場的書架上天天都有她的消息，照片，她似乎活在我們中間，
在我們購買食物時，我們可以把她買回家，
她似乎是屬於我們所有人的，全世界，但，
死亡和生命的區別如此脆弱，不堪一擊。
我在這個沁涼的夏夜，從電視上看她的倩影，她的笑容，
她的死。

要做的事情太多，總是來不及，就匆匆過去了。
我們還沒有撕心裂肺地愛過，就錯過了彼此，在死亡中遺憾；
我們甚至還沒有好好地做過幾次愛，身體就老邁無力；
我們還沒有寫出我們要說的，就退出了人生舞台。
女權還只是夢想，那最榮光的女人已經死了。
她的離婚也許是不必要的，反正都有這一天，這一刻。

大夫打開了她的心臟，按摩了兩個小時，
她的心臟無法重新跳動，
鋪滿白金漢宮的鮮花也不能使她復活，
戴安娜，最繁花似錦的女人，最耀眼的王妃，
金髮燦燦的公主

在製造了王國歷史上最大的離婚案一年後，死了。
離婚也許是不必要的，反正都有這一天，這一刻。
最終你的前夫會把你領回家，你會不會躺在大家的墓園？
你會不會在地下哭泣？為命運的反諷，這不料的終曲？

女權還只是夢想，那些勇敢的女人已經犧牲了。

1997年8月30-31日於俄勒岡雨津。
這個晚上，英國戴安娜王妃死於車禍。

離婚也是浪漫的一種

時間的種子在我們的心中栽下一行行
無以泯滅的痛傷。而你，執傲地要改寫生活，
以為，這只是改寫教科書。重寫一章，把青春的期待
放在倒數第二頁。人到中年，離婚也是浪漫的一種，
我從此愛你不絕，好像新婚蜜月

多年後我們注定會相聚，夕陽殘照在你的身後，
你的薄灰髮抹著耀眼的光芒，你的大眼睛裡
盈滿穿不透的黑暗：太遲了！不但理解來得太遲了，
連道歉也太遲了！親愛的，我的親愛的，
你的眼淚晶瑩，你的淚珠大過眼睛：以青春的名義，
讓我們以青春的名義

我傾聽你的喃喃碎語，傾聽浪濤起伏，
時間的種子在你我的軌道之外已長成森林，
往昔的情話都已成廢墟上熱烈的青草，
連我們頭上的白雲也流向遠方。親愛的，
我的親愛的，我們就這樣相望，耐心而無聊地等待：
這場熱鬧的悲喜劇的終曲

1997年3月於俄勒岡雨津

在俄勒岡海邊

——致大海

你是從我們這個世界來的嗎？你的深沉的
本質，你的廣漠的目光，證明
你從永恆的王國升起，像道格拉斯樅樹，
在海風中上升，歌唱

我從此是你的情人。在備嘗沉默之後
開口說話，在孤獨盡了的時候，享受
與你獨處的孤獨。海灘無盡地遠去
你是如此年輕，你的臉明亮得耀眼

我想對你說話，你卻把話題引開：
聽，聽啊，普希金詠嘆的自由，聽，
要用你的內耳，你的女人的身體，
歷史的海船駛過，鳴笛向你致敬

你巨大的沉默驚駭了冬天的白浪
海鳥們尖叫著在我們的頭上飛翔
是啊，如果這世界有足夠的時間
你會說話嗎？挽留這不可見的光芒？

1997年3月於俄勒岡雨津

致一位朋友

就這樣等待了一生的浪漫
把你，你的日子打包
也只是一小捆的小資調

我常常想你的悲喜劇不值一提
你的自行車丟了四輛，在這個叫
美國的好地方

你盼的人來了又走了
你用尖刀畫情人的肖像
就如一目瞭然的雙關語

肚子裡空空蕩蕩，胃痙攣的夜
你想像一場盛筵，一場生死戀
你的未碎的注意力集中在舌尖

直到一聲尖叫
你看見的，你說不出
堆在另一扇門的後邊

1996年10月於俄勒岡雨津

下卷

思念

——給WJX

此刻你在做什麼？英格蘭寧靜的下午，
你在你的花園中——是你的花園嗎？

「地下工作者，」——你如此自豪，
「像個真正的！」——是個真正的，我淚垂。

我把分開的日子看成是條條柵欄，
你在裡面，還是在外面？

倫敦的地鐵在地上穿行，天空
沉默著一言不發，北京城空曠得風猛烈地颳。

你的文章，我的詩，聲音喃喃：我們說：
愛，疼；說：兒子，疼；說：天氣，疼。

在罷工的地鐵隧道中與你結伴走出的姑娘
正是我，我帶著你的詩，帶著你的潦草字跡的信，

正走在黑乎乎的無人為伴的夜路上。我從不哭出聲，
我足夠堅強。英格蘭寧靜的下午是我孤單的黑夜，

我不哭出聲，你在做什麼，今夜，這個夜晚？
我寫詩，這個夜，不睡，我寫一夜的詩，不睡。

1993年5月於北京西單大街白廟胡同11號

「不」字的變奏

說「不」的時候並不意味著
不一切。
不。一個決定不纏繞
感情，不女性色彩
不。閉著嘴，生氣時
更發亮的眼睛，盈滿
真正的溫情。然而，不。
我對你說的詞有：
　　　不。哭泣。
　　　不。失望。
　　　不。愛。
　　　不。不。

在「不」的背後一顆跳動的心
仍為第二天起帆
賦予生命的風，把春天從
北方帶來。落紅
不表明思想與深情，但
最鮮艷與豐富的色彩
呈出完美的創造。
對貧乏的，不。
對黑色的，不。
我對你說：
　　　不。哭泣。

　　不。不。
說「不」的時候並不意味著
不一切。

1993年5月於北京西單大街白廟胡同11號

用一個同音詞開的玩笑

有兩個使我困惑的詞我總是用錯：
「做」——做工，做操，做聲……，
更外向，粗糙，挺用勁兒，
「作」——工作，作業，作為……，
更細緻，優雅，文靜靜地笑著。

然而，「做愛」還是「作愛」？
我不好意思問，把它們寫下。
你說如果柔情只剩下動作是「做」，
如果醒來時你仍然拉著我的手，是「作」，
這就是我們從胎兒起就聽到的語言，
它如此相同而本質逕庭，
我熟悉它們如同我的自行車鑰匙，
我將這兩個字寫下「做作」，
這是什麼意思？還關於愛情嗎？

1993年5月於北京西單大街白廟胡同11號

虛設的蘋果

虛設的蘋果，香氣四溢
充滿了我的生活
我把永遠的故事編織成筐籃
等待果實成熟的季節

虛設得太豐盛！
我跪下感恩：我的父親，我的母親
融化在大地中的期待
成為一天又一天切不斷的日子

我要你存在，香氣芬芳的
我的虛設的蘋果！
在晨暉昏朦的思念中，是
一個傳說，一個詞，爛掉的目的

縮為沉默。占星者敲著
定音鼓，星象拱頂般俯臨
我新生的女兒啊，蘋果，
虛設的蘋果是你終極的勇氣

1993年3月於北京西單大街白廟胡同11號

丹江口的青春

趁人不注意的時刻，我悄悄地溜了出去
為同你在一起：寂無一人的群山，亙古的沉默，天水一色。

我生了一個漂亮的兒子，但他不屬於我，
颯颯秋風，吹動著我二十六歲的年紀。

遠走高飛的鳥兒在我的頭上掠過，牽動著我，
從那天起我成為你永恆的情人，我鍾愛的。

跋山涉水，兒子已經十歲，我推門進來，陽光與他共臨，
我在桌前老去，我再次夢到了你，遙遠的南方，靈魂的故鄉。

如今你屬於我了——在這個巨大的擁擠的城市中，
我們相守這獨自的夜，我用你的呼吸寫詩和哭泣，

在我的詩中，群山、天水、沉默和我的兒子
構成生命的風景，我聽見載你返港的汽輪歸來，我擱下筆。

1993年3月於北京西單大街白廟胡同11號

誓言

我過早地開滿了花朵
過早地，長滿了銅鏽
我把風鈴拴在傲翹的門檐，
宣告：我妥協，與這不配的世界！

什麼在空中召喚著我？
誰把高貴的旗幟種在山頂上？
我看見一片茂密的樹林，看見一棵樹
一叉樹枝，一片葉子，葉子上的一隻蟲，

我移動，從遠及近，又反向，
沿著流動的生命的長堤，隱去
一個神話，一段生死的愛情
我是綿亙的山嶺，又聾，又啞，又老。

1993年3月於北京西單大街白廟胡同11號

最後的冬天

請給我幾個月，幾天，不，幾分鐘，也夠，
讓我被你所愛——
生命飽滿沉重的果實，很快就會腐爛
讓我有你，就此刻此時

終生是個負擔不起的詞——
我不敢讓你走入我的幽林
在蠻荒中開路不是我的工作
而我卻在這裡畫著通往藍天的地圖

愛情使我蒼老，我打開窗戶——
鳥兒們飛出：一群群紅色的鳥兒飛成落霞
黑夜將臨，我摸著歲月的棺柩將靜靜躺下
這美麗的祕密，我不讓你分享

但此時此刻讓我有你——
讓我作你的肢體，你的呼吸，
你的眼睛，你的孤獨，你的一切，
讓我們作一次春天，作一次盛開的花朵

請給我幾分鐘，幾天，幾個月，不，幾生，
讓我被你所愛——
我知道冬天的倉庫正一點一點地空了
這個冬天，將是最後的冬天

1993年2月於北京西單大街白廟胡同11號

終結

我甚至聞出了它的味道
我們親吻，你的氣息
在晴朗的月光下，我墜入，一片青草

我拒絕它！我從河裡游出
命運的女巫啊，你命令我愛
它無形的手抓住我，蔚藍的泡沫

翻捲在我們的唇上，我沉入
沒有風景的未來，沒有……
它站在沒有的間縫中，微笑

我們親吻，我閉住眼，阻擋
它來，我不想認識它！
你才是我的深淵，你的不可測的深度

它用星星的眼睛注視著我們
我本以為會與你為伴，但它
俯臨我們，它以我的頭髮為形

我無路可逃，再親我一次吧，
再一次，用你的青草覆蓋我，
我會遵守諾言，與它同行

1993年2月於北京西單大街白廟胡同11號

烏鴉的翅膀

我必須接受烏鴉的命運，和你。
你背後的陰影張開翅膀，帶來黑夜

我們在門口告別，帶暈輪的月亮
與我們一起沉默，大門緊閉

我曾用最優美的顏色描繪你，萬里與終生
相遇，只為這次透不過氣來的吻

我是女人中那最好的女人，
我是你的黑眼睛，你的黑頭髮……

我以為我握住了你的柔情，而夜潮
來臨，潮中捲走了你，捲走了一場想像

此刻我手中只剩下一副骷髏，是我自己的，
我把它託付給我自己，我不能再生一次

1993年2月於北京西單大街白廟胡同11號

水晶樹

那麼，一切都不可能，是麼？
你怕，怕——失去；怕——分手；怕——
愛。最好是朋友，也許，
連這也不做，更好一點。
我哭在你胸前，求了又求，
我除了接受，像個戰敗國，屈辱地走過
世界面前，我是個失敗者。

失敗者連驕傲也沒有！
我回到我的洞穴，無話可說。
今夜，我眼睜睜地等著明天的來臨，
明天我會好過一點，我將工作，繼續寫……
然而，寫什麼呢？寫失去的，寫破碎的，寫
我不在乎的，寫我有足夠的勇氣面對……
寫這個沉重的冬天，這顆沉重的心。

我從來都不是強者，但我無法不堅強。
憂傷是我的天空，我的天空，我的天空，
是無盡的憂傷，
我的夢想——那些被槍擊中的鳥兒，
紛紛跌落……
死亡沒有血液，
痛苦只把痛苦滋養。

我將繼續生活，依然像往常一樣，
甚至不再關注你，但什麼已在我的世界裡
永遠地失去，關閉。

1993年1月於北京西單大街白廟胡同11號

癸酉年春節

誰把你從我的城市帶走？
留給我冬天全部的空蕩！
我穿過閃著殘雪的街回家，
迎接我的是一輪裸露的月亮。

我懂得我必須冷靜和克制，
像出爐的鐵塊一樣漸漸冷卻，
能高昂的只有我的頭和受傷的驕傲，
我沉默，這默默的深情你能否知道？

今晚我聽音樂，洗衣服，不再想像，
明天我將讀書，寫作，我不會幹別的，
我不會幹別的——只會一如既往地注視你，
以我的目光，我的心，我的寧靜的靈魂。

1993年1月於北京西單大街白廟胡同11號

致那個要離開的人

我對你一無所求，要走，
你就走吧，門並沒有上鎖，
只是外面很冷，請繫好你的圍巾。

我珍惜靈魂的自由，勝於
我們在一起度過的時光，
你走後，我也並不失望。

我穿過胡同走回亮燈的家，
幸福於我是那麼稀少，
再少一些，我亦無所謂。

從今以後不要握我的手！
我的手如此冰涼，因為死神早已
把我的手緊緊攥住。

從今以後也不要說在此生的廊柱中見我，
我已將你砌在我的詩中，
我會死去，而你，將活在我的詩裡。

這是對你的唯一的羈絆。
要走，你就走吧，
但你無法逃出語言的牢籠，永生永世。

1992年12月於北京西單大街白廟胡同11號

影子

我們的影子永遠比我們要大
有時是幾倍，有時是幾十倍，
我們的影子也比我們狡猾
不信你就試試。

我和兒子玩捉影子的遊戲，
我們踩住對方的影子就宣稱贏了。
在夜晚的小胡同裡，一盞盞路燈下
笑聲讓空氣顫抖地驚詫。

多年來我驚異於個人的勝利
何嘗不是我和兒子的遊戲？
勝利者踩住了對方的喉嚨
卻在自己的影子中發傻，笑聲鼓舞自己。

當我們進入無燈的巷道，通向
另一個拐彎，有何勝利可言？
也許影子們互相擠踩著，推搡著，
然而一片寂靜，連笑聲也沒有。

1992年11月於北京西單大街白廟胡同11號

告別

我知道我已經成為你的笑柄，
成為人人皆知的可憐的笑柄，
我傾聽著夜中的笑聲，
除了掩面哭泣，在濛濛的細雨中
我走過大街和小胡同，
我捂住淚，在朋友處聊了一會兒，
心空蕩得如搬走家具的舊屋。

我知道你在嘲笑，
我怎敢走向你？當你來時
我將已經離去，我的腳印已被海水沖走，
心靈的山峰在黑暗中靜止，
我轉過身，再不能
與你漫步在黃昏時分的小街上，
我必須與我的痛苦站在一起。

我寫這些永不能抵達你的詩，
它們用潔白寫成，我一無所求，
那偉大的女詩人告訴我：
如果你不能賜給我愛的榮耀，
就請給我痛苦的桂冠！我要戴著它
走向你的地平線，舉著夢想的燈籠
讓回憶在黑暗中建造洞穴。

1992年11月於北京西單大街白廟胡同11號

遲來的約會

如果我來時，你已經睡去
我要把你喚醒

如果我來時，黑暗已鎖住了門
我要打開光明

如果我來時，你已蒼老
我要用春天充滿你

如果我來時，靜默已是永恆
我要，我要與你一起進入永恆的靜默

1992年11月於北京西單大街白廟胡同11號

你

你，我聽見你的喃喃自語——水消失在
下水道中，我聽見水的哭泣，

你，我看見你出神的目光——母親身後琥珀色的
燈光映黑了你童年的雙眼，

你，我知道你是個孩子——永遠的孩子
在杳無一人的黎明，挺住，沒什麼值得掉淚！

你，我觸摸著你的生命，我要對它說：
長滿青草！長滿鮮花！長滿森林！

你，我要從岩石中鑿出你，從歲月中融化你，
我要，是的，毀滅你，拯救你，把你的手給我吧！

1992年11月於北京西單大街白廟胡同11號

電話的另一端

「我們想念你」——在電話的另一端，
而誰是「我們」？這個複數
模糊的面孔，誰和你在一起？

沒有我的時候你並未感到任何缺失
北京是個人口眾多的城市
也許太擁擠了，你的空間裡

燦爛著種種美麗的事情，而我
微不足道，在秋天五顏六色的彩旗下
我只是土地，在你的足下

一個沒有開始的故事，已因襲了
千年，我捧著想像的月季
把複數改成單數，醒在無鳥的清晨。

1992年10月於北京西單大街白廟胡同11號

一束玫瑰

我曾經去過那兒，我微笑著
接過一大束含苞欲放的玫瑰。
她的刺鼻的香味，我被灼燒過

外界的事情知道得越少越好，
不是嗎？我點頭。
太平間不眠的燈晃了我的眼

我聽見那甜臭的呼吸
滑膩膩的，像鱔魚從泥水中仰頭觀望。
將開的花朵美得驚人，是另一端

我怎能接住這滿腔的善意？
我將復元，像沒事一樣，快活地，
尖叫抓住我的喉嚨，沒幾聲呻吟。

我忘記了如何哭泣，腳腫著
巧妙地穿在漆皮鞋裡，閃閃發光，
和脈脈含情的花一起照亮了病房。

這些是朋友誠摯的臉嗎？我摸索著，
光影斑駁的地板上，蟑螂
肆無忌憚地竄過來又竄過去，從死者的指縫間。

我們永遠都不是我們自認的那種人，
一朵花中的軟蟲，緩緩地露出頭，爬出，
咬噬了我，我掙扎在柔軟的稀泥中，喘不過氣。

我總是這樣，總是這樣，
開朗，沒心沒肺，單純地等待。
一下，又一下地刺痛，那夜我沒合眼

所以，我愛這些花朵，她們揮著手
歡迎我的歸來，我把她們插在一大杯清水中。
還有誰能傷害我？我去過那兒，我明白。

1992年10月於北京西單大街白廟胡同11號

經驗的形狀

這下我徹底輕快了，你引領著我
飛翔在冰冷而狹窄的手術台上
在十三隻同時大瞪著的無影燈的憐憫中
自由地在死亡邊緣滑行

重要的是失去感覺，
好得不能再好，微冷的空氣
讓你驕傲，你挺直了身子，
足夠勇敢地睡去，睡眠中沉沒

藏黑色的火焰
照亮著通往煉獄的路，
你撕碎了我，你吞噬著我，
在登陸的黎明，我明白我再不是你年輕的婦人

鳥兒把樹葉歌唱成金黃
我依舊躺在這裡，你慈悲地留下我
傾聽：厚實的門在沉重地關閉
我回來了，而我何以為家？
如果三十五年來我不懈地努力著
是爬，爬，爬向通往你的
平滑而顫抖的滑梯上？

1992年10月於北京西單大街白廟胡同11號

至暗時刻

——給兒子

我知道我會活下去
是因為你——在這個世界上活
並不那麼容易，今年夏天雨下得太多
去年我哭了整整一個冬季

我用溫柔的目光把你出生，用
皺了的臉和勞累的手，用
唯一的希望和明天，用
全身心的等待，把你出生

你站在河邊，你是岸，
發亮的河在你的腳下像彩虹一樣蜿蜒，
星星為你像玫瑰一樣開放，你的陽光
撫慰著我奔向你而摔破的臉，

我會活，因為你，我的兒子
因為你的笑聲點燃著夜晚，
即使苦難後還有苦難，
因為我去過那裡，我會活，

我的兒子，不管時刻是多麼至暗。

1992年10月於北京西單大街白廟胡同11號

一次未打通的電話

撥通了你的號碼
忙音：一聲，又一聲，如
呼喚，聲聲……
你未知的一面在暮色中
似屏障攀升在黑暗的峽谷

命定了失去，秋葉幻想著天空
卻墜落在人人踐踏的街上
我去哪兒找你？紅色的公用電話
摟住粗老的樹幹，我靠在我的失神中
黑夜悲傷地嘲笑著我

我是走失了的孩子，請，請
領我回家，但，忙音
你忙得如此不可開交，你聽不見
沙沙的風聲追來
沙沙的風聲，那唯一的真實
正隨後而來

1992年10月於北京西單大街白廟胡同11號

致安妮·塞克斯頓[23]

那天我尾隨在你身後，在去精神病院的路上，
你半路折回，燃著煙，重坐在打字機前，
把我拋在樹林中，我不得不為自己做飯

從那天起我就吃你的詩，我在你的衣兜裡
找到一把鑰匙，我把它藏在岩石下，
我圍著它又跳又唱，它使我擁有了你

你幹嘛把心咬成兩半，我無法縫合它們
我有針，有線，一枚頂針，我日復一日
幹了又幹，直到雙眼再也看不見

你澆花，給女兒們洗澡，去開家長會
你開著汽車，不理睬我要搭車的手勢，
你一個人在房間中，沒我的幫忙，就做了那事

我怨你，恨你，把你釘在我的十字架上，
我們背靠背，彼此互相安慰，哈，
我們真是一類，我們打趣地嘲弄對方，可真是一類。

1992年10月於北京西單大街白廟胡同11號

---

23 安妮·塞克斯頓（Anne Sexton, 1928-1974）：美國自白派詩人，1967年因詩集《生或死》獲普利茲詩歌獎。她總共出版了九卷詩集，包括《愛情詩》（1969）、《愚蠢之書》（1973）和《向上帝可怕的划船》（1975）。1974年10月4日，她自殺而亡，時年45歲。

死者

親人們圍在你身旁，嗚咽，你卻再也不想
回轉頭來。一匹逃遁的馬，不想再回到群中

駛向遠方的火車，在正月裡鳴笛，
化雪的那夜，你夢見一隻巨鳥從天邊飛來

你照舊插好門才去睡覺，這次，
你把門閂得這樣堅實，再沒有人能搖得動

十月的雪封住了熟睡，你憶起了十年前的那夜，
宏偉的天幃徐徐垂落，星雨突降

就這樣從走廊裡緩緩退出，
生活、謊言，此外還關住什麼？

別再呼喚，別再搖動那塊石碑，
長在我的頭上，別，別，別。

1992年10月於北京西單大街白廟胡同11號

今晚我寫不出詩

今晚我再也寫不出一行詩，
我的心充滿了眼淚，
我已厭倦，我已厭倦，
詞語不想強裝笑容，也不想繼續幻想，
他們滾作一團，在角落中抽搐。

今晚我用尖刀割破脈管，
我在疼痛中舞蹈，在黑夜中
浴血而舞，心如此孤單，
我用一切手段挽留你：撒謊、誓言、甜蜜的呼喚，
而你已意屬他人，你微笑得那麼美。

今晚我要在透支了的支票上簽上名字，
我要登上駛向遠方的列車，在不眠中
數著退向後方的群山，把你遠遠地拋在
我熱愛的城市。
我要拒絕，永遠地拒絕，
你每時每刻向我推出的絢麗的夏天。

1992年9月於北京西單大街白廟胡同11號

愛的藝術

那些在愛中未受到過傷害的人不知道
愛，實在是一件稀罕之物，猶如晶淚貝
她的珍珠，一顆又大又圓的淚，
蘊藏在海底。
珍貴的事物是如此難得可貴。
我想起會雕花手藝的細木工人，他們
深諳愛的藝術。一件家具在他們的手下
是一件藝術品，栩栩如輝，價值無數。
而大部分的木工們，他們製造家具，
那些家具只是一件用品。人們也是如此，
我看到人們在浪費和揮霍他們的激情，
愛這個詞用得太濫，一個詞重複得太多，
就失去了意義，變成一件用品。
情況往往是這樣：當你明白青春的可貴，青春
已在街角消失。當你懂得了愛，她已失
落，無可挽回地從懸崖上失足。你
空守著一片瓦礫，悲悼著那幢美麗的房屋。
要建造一幢新的房屋是多麼的不易！

此刻，我坐在空空蕩蕩的
觀望風景的長廊上，傾聽嗚咽的風

1993年9月於北京西單大街白廟胡同11號

公共汽車上的男孩

那天悶熱，我擠在公共汽車中，
汗味、人體的氣味和汽油味混合
令人惡心。人太多，公共汽車總是這樣，
坐在座位上的人都在打盹，一個粗黑皮膚的男人
閉著眼，流著口水；一個婦女
描抹得眉目猙獰，我驚訝於她竟敢上街
威脅大眾，我幾乎要從車窗中逃出。但此刻，
我看見一個孩子，五歲左右的男孩，他站在
車的前頭，靠在一根欄杆上，低著頭，
他的嘴，小小的嘴，嘴角緊閉著，
一雙不大的眼睛抬起來張望，又低垂，
盛著那麼多悲傷！我注視著這個孩子，
他臉色蒼白，薄薄的鼻翼抽動著，細密的汗珠
掛在他的額頭，他又抬起眼，環顧周圍的大人們，
大人們毫無表情。他像在祈求，像在哭泣；
他小心翼翼地看著四周，他顯然生著病。
（還是我的想像？）但世界一片冷酷，沒有人為他
讓一個座位，沒有人注意他顫抖的小腿，
他面對著比他更強大的一類，這些人強大得
足以忽視他，足以忽視他們的未來。
空氣是難以忍受的惡劣，這個孩子，他只是揪住
欄杆，小手像鈎子一樣吊住，時時緩慢地抬起眼
看看四周，一言不發，從臉上流出那麼巨大的絕望，
我的心縮緊了，不忍再看他，我不知他成年後

會不會憶起這一刻，童年的世界並不如我們回憶的
那麼歡樂，我們在童年時就已經
懂得太多。一輛公共汽車
爬行在交通擁擠的街上，一個孩子在哭泣，
一萬個孩子在哭泣，所有的孩子都在哭泣，
但沒有人聽見。

1993年9月於北京西單大街白廟胡同11號

你能聽懂嗎？

我想說的並不是我已經說出的，
難道你沒聽懂嗎？
我要說的擁擠在我心中
跑出來的只是一個微笑
我寧願談些別的，比如即將召開的什麼大會
還有某國在向某國出售什麼武器
——這與我們有什麼關係？

沉默的歌唱！如果你沒聽見，
就看看盤旋在我們頭頂的鴿子
秋風染黃了小胡同
烤白薯的香甜飄溢的街口
和姑娘被風漲起的彩裙，以及我，
我站在你的面前，右腕上戴著叮咚叮咚的玉鐲。

你不可能聽懂！——如果你想懂
就得穿過用語言砌的古老的城牆
在宏偉的廟宇中，鐘聲迴響
在言詞之外，在鐘聲之外
在我們談笑的樹下
你能聽懂嗎？

1992年9月於北京西單大街白廟胡同11號

藍天

窗外總是藍天
藍得不能再藍
十月的藍天
是一首歌，懸止於空中

一首有聲的歌
一首失聲的歌
如你深色的眼睛
我心中的你的眼睛
我用它們裝飾窗外的天空
無論是下雨的黃昏還是霧靄沉沉的早晨
我總能望見那片藍不可測的天空
是我失掉的天空

藍色的天空是我失掉的
全部的過去、現在與未來

1992年9月於北京西單大街白廟胡同11號

我不想談論死亡

不，此刻我不想談論死亡——
嬰兒們睜開眼睛：世界一片蔚藍，
他們粉紅的小手，一朵朵彩麗的花朵
向上伸展，最壯觀的花的海洋。
我俯下身來：俯向這些胖胖的拳頭，
愛把你們種植，猶如田野裡
剛剛發育的鼓滿的種子，一片生機。

不，此刻我不想談論死亡。
我愛著你——縱使你不知，這愛
賦予我優美的想像，在企望中
我們相會。我喝著酒，在你的爐子前觀望
爐火的跳躍，映紅的臉頰，在冬天
大雪封住的北方，是一幅好看的畫。
心——在愛的想像中，豐滿，如雨季的江河。
在八月，大水把心岸淹沒。

不，此刻我不想談論死亡。
哭聲響徹我的生活，在這靜穆的地方
我要好好、好好地休息，好好地愛你
——縱使你不理會！這我們都將到的
最後的宿營地，我最終會與你融為一體，
融入：這片長滿了常春藤的土地。
我真的，真的不想談論死亡。

1992年9月於北京西單大街白廟胡同11號，做過手術回家之後。

哭泣的夜

再多的詞語都已太淡
你的溫情，一捧冰的火焰

灰燼了
她能否復燃？

誰還在相信？
灰色的天空在你的身後跌落

小巷的殘雪
是我模糊的淚

春節的夜
那哭泣的夜

我再也沒有力氣
走進你多汁的語言

毫無用處，毫無用處，
我一路小跑

點燃你的言詞
我活過，然而，我死了

1992年7月於北京西單大街白廟胡同11號

哭泣的嬰孩

你大聲哭喊的是什麼
孩子？你的眼睛，紫水晶一樣
美麗著世界
讓我相信明天

憋足了力氣，你通紅的小臉
自信得像個君王
你的小手揮舞著
猶如指點著權杖

我俯身注視著你
注視著一條未知的道路
但願有人總撿起你的哭聲
猶如我，此刻，抱住你，
這個造物主完美的創造

1992年7月於北京西單大街白廟胡同11號

送你去機場

今夜我失去了你
今夜，你遠不可及
今夜，另一個城市的黎明
一個機場正在醒來
一片空空蕩蕩

對你的愛只是痛楚
我要走開
你是那麼禮貌地笑著
你沒看見
我的心已碎成一地瓦礫

今夜我知道我失去了你
今夜，你送別人回家
今夜，我的城市大雨滂沱
我一路揮動手臂
向你做永遠的告別

1992年1月於北京西單大街白廟胡同11號

抵達

抵達終點的列車
卸下疲憊的旅人
我如此抵達
以車廂裡外的空蕩為伴

家的舊屋仍很遙遠
要轉乘幾次公共汽車，也許會沒車，
下車後的路，也需要用一生
滿懷憂懼地尋找
家，在比樹林更遠的地方

永遠的旅途！我的箱子越來越沉
肩負的不僅僅有道義、責任、愛，還有
時間沉澱下來的污垢，
花白的不僅是頭髮，還有眼神
當家隱隱在望，那等待的燈
突然寂滅。

我將如此到達

1992年1月於北京西單大街白廟胡同11號

「我不曾處於那間真空的病房」：
沈睿與美國自白派女詩人的文學關係

靳朗

就在我們人生的旅程的中途，
我在一座昏暗的森林之中醒悟過來，
因為我在裡面迷失了正確的道路。
——但丁《神曲・地獄篇》（但丁，1996：03）

在她編選的詩集《愛米麗的慾望》中，沈睿將她的人生從中途分開：一半屬於中國，一半屬於美國；一半她在陰影中寫作，一半她在昏暗的叢林中甦醒，尋找自己的道路。

「所以我為你考慮，認為這樣於你最好，／就是你跟從我，我將做你的導者，／領你經過一處永劫的地方。」（同上，1996：09）在但丁的《神曲》中，詩人進入一片昏暗的叢林，「他」遇到了一頭豹子、一頭獅子和一隻母狼，隨後遇到了他的導師古羅馬詩人維吉爾，詩人無比激動，讚美道：「你是我的大師、我的導引／我唯獨從你那裡獲得／那賦予我榮譽的莊美風格。」（Alighieri，2009：14）而正如維吉爾所言，「我將引領你經過那永劫之地／……如欲飛升，／一個比我更值得的靈魂將會出現／在她的引領下，當我離開時，你會被留下」（Ibid, 2009：13），煉獄之後，維吉爾離去，詩人遇到貝阿特麗齊引導其進入天國。

在沈睿的詩歌旅程中，她也經歷著類似的過程。在她寫詩的初期，美國自白派詩人希爾維亞·普拉斯（Sylvia Plath）和安妮·塞克斯頓（Anne Sexton）的幽靈盤桓在詩人頭頂上，作為女性詩人，引導她從所謂「好女人」的角色中脫離出來，進入詩國，轉變成一個詩人。這一時期，詩人也從普拉斯和塞克斯頓那裡習得了風格，關注女性題材，尤其自己身為母親和女人的生命和身體體驗。而詩人赴美留學與生活後，普拉斯和塞克斯頓也如同維吉爾一樣退卻。正如但丁《神曲》中維吉爾的話，「當我離開時／你會被留下」，這一時期，詩人更為關心塞克斯頓與普拉斯未曾經歷過離散體驗，離散的體驗如同支點支撐著其進行離心運動，脫離美國自白詩歌的影響，形成自己的風格。如同但丁遇到貝阿特麗齊引領其進入天國，此時期，沈睿也暴露在更廣闊的文學經驗中，與阿赫瑪托娃、愛米麗·狄金森、麥克維爾、瑪麗安·莫爾等人進行對話。他們也如同貝阿特麗齊一樣引領沈睿進入詩歌的天國，成為一個真正獨立並且能夠綜合多種詩歌與文學經驗的詩人。

詩人的主婦與作為主婦的詩人：「我明白我再不是你年輕的婦人」

自從 1992 年執筆寫詩開始，沈睿在中國的寫作與生存狀態，其實與美國自白派女詩人安妮·塞克斯頓、希爾維亞·普拉斯頗為相似：一方面是一個詩人的主婦，另一方面是一個作為主婦的詩人。普拉斯曾經寫過一篇頗具自傳性的小說〈成功之日〉，講述她作為一個詩人的主婦的生活以及背後的痛苦與悲戚。小說中，埃倫是作家雅各布的妻子，一個全職主婦，終日照顧孩子。三人的生活看似幸福，但是埃倫卻生存在隱祕的不安之中，恐懼失去雅各布，當迷人的女電視製作人德尼斯・凱來電話聯繫她的丈夫要買下他的戲的時候，埃倫的嫉妒心作祟使她掛斷了電話並且故意沒有告知丈夫這個消息。此外，雅各布有一個好友里根，二人同樣厭倦「那種需要穿著得體的全職工作」，唯一想做的事情就是寫作。作為詩人的主婦，埃倫時常與里根的妻子南希「交流勤儉持家的心得和所有私下的悲傷及憂慮，所有當妻子在丈夫是無薪可領的理想主義者時，都會擁有那些悲傷及憂慮」（普拉斯，2014：55）。在〈寡婦曼加達其人〉中，普拉斯則寫了薩莉和馬克兩個美國作家夫婦在西班牙度假時為了擁有一個安靜的創作環境與房東寡婦曼加達鬥智鬥勇的故事。在同題散文〈寡婦曼加達〉中，她坦白道：「哪個有錢人願意購物和做飯呢？除了窮學生和像我們這樣的作家還會有誰？也許房客會決定在費錢的餐館吃……。」（同上，2014：230）這些小說影射普拉斯和丈夫休斯的作家生活，其中普拉斯扮演著她小說中薩莉的角色，她即使從事寫作，也是兩位作家中主管家務的那個——詩人的主婦。

無獨有偶，當沈睿回溯身在大陸的回憶之時，在 1992 年開始執筆寫詩的時候，她也正處於類似普拉斯小說〈成功之日〉中的埃倫和散文〈寡婦曼加達〉中薩莉的角色。作為一個「詩人的主婦」，寫作是次要的。對一個「詩人的主婦」而言，寫作不是獨立的，總有一個「丈夫」或者男性的幽靈盤桓在詩人的上空，甚至干擾著她的心智，甚至總是男人「決定詩歌的前途」，「決定詩歌該怎樣寫」（〈一個女權主義者的離婚辯白〉）。在〈丹江口的青春〉中，沈睿這樣坦白她當時的寫作狀態：

……在這個巨大的擁擠的城市中，
我們相守這獨自的夜，我用你的呼吸寫詩和哭泣，

在我的詩中，群山、天水、沉默和我的兒子
構成生命的風景，我聽見載你返港的汽輪歸來，我擱
下筆。

「你」的「呼吸」時刻影響著「我」「寫詩和哭泣」的節奏，而當「你」的汽船歸來，「我」則「擱下筆」停止寫詩。這裡不禁令讀者生疑：「你」如何看待「我」的寫作？「你」是如何影響「我」的寫作行為？為何「你返港的汽輪歸來」，「我」就要「擱下筆」？「擱下筆」這個行為又是主動的，還是被動的？而在〈哭泣的夜〉中，詩人最終厭棄了這個「詩人的主婦」的角色，坦言：

我再也沒有力氣
走進你多汁的語言
……
點燃你的言詞
我活過，然而，我死了。

在這裡，「我」首先變得灰心喪氣，厭倦了「詩人的主婦」的角色，罷卻了「點燃你的言詞」這一「我」過去經常做的事情，或「我」作為「詩人的主婦」所承擔的使命或者責任。為了罷卻這種角色，走出「他」言語的牢籠，「我」毫不吝為此付出的激烈的代價——殺死過去的「自我」，宣判

「我死了」。而死亡亦是重生，殺死過去的自我，是為了日後自我的新生。

這「詩人的主婦」呈現出一種「離家」的衝動，逃離「他」的陰影，尋找自己的路途（人生或者詩歌上的），並為自己建立一個獨立的女性寫作的空間——「一間自己的房間」。在〈水晶樹〉中，抒情主人公渴望將「他」的陰影清理出「我的世界」。娜拉最終清醒，決絕地宣示：「我將繼續生活，依然像往常一樣，／甚至不再關注你，但什麼已在我的世界裡／永遠地失去，關閉。」（〈水晶樹〉）此處，「我」呈現出一種創造「一間自己的房間」的最初的努力，無論情願不情願，在這首詩中，「我」決心對「你」關閉「我的世界」，清理「你」在「我」世界中碩大的陰影（心理上或者寫作上的），以創造一個獨立的自我的空間。在〈今晚我寫不出詩〉中，娜拉最終打開家門，準備出走：

今晚我要在透支了的支票上簽上名字
我要登上駛向遠方的列車，在不眠中
數著退向後方的群山，把你遠遠地拋在
我熱愛的城市。
我要拒絕，永遠地拒絕，
你每時每刻向我推出的絢麗的夏天。

娜拉終於要出走了。她拒絕繼續做一個「房中天使」，拒絕作為一個「點燃」詩人的「言詞」的客體，生存在「絢爛的夏天」裡言語的牢籠中。為了這次出走，她甚至不惜以宣判過去的自我的死亡為代價——「點燃你的言詞／我活過，然而，我死了」——以解脫於「詩人的主婦」這一角色的束縛，逃離言語的牢籠，不再「用你的呼吸寫詩」，而是力圖轉變為一個創造言詞的主體——新生的開始：「此刻我手中只剩下一副骷髏，是我自己的，／我把它託付給我自己，我不能再生一次。」（〈烏鴉的翅膀〉）甚至，或許作為回擊或反抗，她竊取了詩人的「筆」（吉爾伯特和古葩眼中陰莖的隱喻，參見其合著的《閣樓上的瘋女人》），變成一個「語言的牢籠」的製造者，與「詩人」顛換了角色：

從今以後也不要說在此生的廊柱中見我，
我已將你砌在我的詩中，
我會死去，而你，將活在我的詩裡。

這是對你的唯一的羈絆。
要走，你就走吧，
但你無法逃出語言的牢籠，永生永世。

——〈致那個要離開的人〉

正如奚密教授（Michelle Yeh）在〈當代中國的「詩歌崇拜」〉一文中觀察到的，有別於很多男性詩人將詩歌當作宗教、將詩人當作烈士的話語，沈睿〈致安妮·塞克斯頓〉一詩並未將塞克斯頓的詩人角色浪漫化、將詩歌神聖化，而是關注塞克斯頓作為一個女人的世俗生活（Yeh, 1996）。沈睿將塞克斯頓「不僅當作一個詩人，更重要的是，當作一個女人」（同上）。對她而言，塞克斯頓並非一個遠離人間煙火的神聖的詩人，而是著重勾畫她作為一個家庭主婦的世俗生活的瑣碎

——「你澆花，給女兒們洗澡，去開家長會／你開著汽車，不理睬我要搭車的手勢，／你一個人在房間中，沒我的幫忙，就做了那事」（〈致安妮・塞克斯頓〉）。正是二者「同為女人」的共同生存經驗，而非英雄和崇拜者、大師和追隨者的師承關係，締結了兩者文學上的聯繫（同上）。如同普拉斯的小說和散文中的人物埃倫和薩莉一樣，在寫詩之外，沈睿、塞克斯頓和普拉斯也肩負著主婦的角色，她們的詩歌共同涉及到主婦生活的題材，反思並解構著 domestic femininity，並且基於其「同為女人」的生存體驗進行著詩歌的對話。塞克斯頓在〈與天使同行〉中坦言其對主婦角色的厭倦：「我已厭倦做女人，／厭倦湯匙和瓦罐，／厭倦我的嘴巴和乳房，／厭倦化妝品和綢緞。／仍有男人坐在我的桌旁，／圍著我供奉的碗。」（塞克斯頓，2018：134）然而，普拉斯最初以少女時代在校園寫作的詩歌起步，在她 1962 年前的詩歌中並未出現多少涉及到主婦生活的題材與意象，除了一首〈臨時保姆〉寫她讀書時幫人做保姆的體驗。而在她自殺前夕不到四個月時，她接連寫下〈萊斯博斯島〉（1962 年 10 月 18 日）、〈割傷〉（1962 年 10 月 24 日）、〈參觀〉（1962 年 10 月 25 日）三首詩。在這三首詩中，共同出現了主婦生活的意象。在〈萊斯博斯島〉，她感嘆「廚房裡的邪惡」，寫道：「上一粒安眠藥讓我麻痺，昏沉。／烹飪的煙霧，地獄的煙霧／讓我們頭腦漂浮……。」（普拉斯，2022：296）在〈割傷〉中，她書寫烹飪中受傷的體驗：「我的拇指代替了洋蔥。／指尖幾乎被切掉／……／這是一場慶典。／一百萬士兵／從豁口湧出／全是紅衣英國兵。」（同上，2022：305）而在〈參觀〉中，「我」則引導「未婚的姑媽」參觀我的主婦生活，其中「我」「穿著拖鞋和居家服，沒塗口紅！」（同上，2022：308-310）。

同樣曾經身為主婦，沈睿在她的自傳性長詩〈一個女權主義者的離婚辯白〉回望其自身是如何一步步被規訓成一個「好女人」的：

在我長大的過程中，母親教導我要勤快，
會做飯，會織毛衣，會伺候男人。
我小的時候，看到父母吵架，
父親揮起手來，我憤怒地與父親爭吵。
母親攔住了我：
「男人打女人，是正常的，他這樣才是一個男人。」
我緊握住拳頭，看著母親美麗的臉上的傷痕，走開。

就這樣成為女人！我是一個笨手笨腳的女孩，
我不會織毛衣，無論我怎樣學，織毛衣
是這麼難學，我學不會。我也學不會繡花。
……
語言就這樣安置了我們的位置：不得越位。
我們接受了。
我的母親樂於這個位置，她為我父親作了一輩子的飯；
我的婆母樂於這個位置，她為公公洗了一輩子的衣服；
她們教育我也如此，我和她們一樣：
生孩子，洗衣做飯，盡力做一個好女人。

相較於塞克斯頓與普拉斯的詩歌，沈睿的詩歌關注歷時性的維度。塞克斯頓和普拉斯的詩歌關注其自身身為主婦的所思所感，但沈睿的〈一個女權主義者的離婚辯白〉更加注重歷史維度，將個人身為主婦的體驗與其背後的母性譜系相聯繫，如詩中的「我的母親」、「我的婆母」。在這首〈大堰河——我的保姆〉似的女性史詩中，她在回溯自己離婚前夕的主婦生活之時，能夠超越個人的體驗，去思考（中國）社會是如何規訓和生產一代又一代這樣的「好女人」的。在她的自白之聲中，我們聽到的不僅僅是她個體的生命體驗，而是其背後整個母系氏族的聲音：「我知道我不是一個人經歷了這一切。／我是和所有的女人一起，／我是和我的母親、婆母、姐妹，古往今來，／我們是不如男人的人。」（〈一個女權主義者的離婚辯白〉）

除了主婦體驗，三者也基於「同為女人」的性別體驗進行對話。同樣作為母親，普拉斯和沈睿寫下了母性的詩篇。在她為數不多的「歡愉之辭」〈晨歌〉中，普拉斯寫下自己作為一個母親面對新生兒生命的體驗：

> 我並不比那雲
> 更像你的母親，它蒸餾出一面鏡子，映出風的手
> 將它自己慢慢抹去。
>
> 整夜你飛蛾的呼吸
> 搖曳於扁平的紅玫瑰花叢。我醒來傾聽：
> 遠方大海在我耳中湧動。
>
> 一聲哭，我就踉蹌起床，笨重如母牛，

穿著維多利亞繡花睡袍。
你嘴張開，乾淨得像貓嘴。窗格子

泛白，吞沒了暗淡的星辰。現在你試唱
你滿手的音符；
清晰的元音像氣球一樣升起。

（普拉斯，2022：197-198）

哈羅德・布魯姆在《影響的焦慮》中提出六種修正比，其中有一種是「苔瑟拉」（tessera）。「苔瑟拉」指的是古代祭儀中被打碎成兩半的瓷片，新入教者可以憑藉該碎片之一當作入教的信物（布魯姆，1989：68）。布魯姆將之引入到詩歌的互文性研究之中來，在他那裡，面對前驅的詩作，後輩詩人會以對偶的方式將前驅的詩歌續完，「保留前驅的詞語，但使它們別具他義，彷彿前驅走得還不夠遠」（同上，1989：13）。而沈睿的〈哭泣的嬰孩〉正是對普拉斯〈晨歌〉的「續完」。

你大聲哭喊的是什麼
孩子？你的眼睛，紫水晶一樣
美麗著世界
讓我相信明天

憋足了力氣，你通紅的小臉
自信得像個君王
你的小手揮舞著
猶如指點著權杖

我俯身注視著你
注視著一條未知的道路
但願有人總撿起你的哭聲
猶如我，此刻，抱住你
這個造物主完美的創造

在這裡，二詩同樣寫到孩子的哭聲，以及作為母親「哄孩子」的體驗。在普拉斯那裡，這哭聲是氣球一樣上升的「元音」，戛然而止；而在沈睿詩中，這哭聲「自信得像個君王」。其中普拉斯的詩僅以意象說話，點到為止，但沈睿的〈哭泣的嬰孩〉卻從普拉斯詩歌未完之處的嬰孩的哭聲開始，「續完」普拉斯中戛然而止的元音。在普拉斯的〈晨歌〉中，作者有一種消隱的願望：「我並不比那雲／更像你的母親，它蒸餾出一面鏡子，映出風的手／將它自己慢慢抹去。」而沈睿的詩歌中卻呈現出母親永恆的「在場」：「但願有人總撿起你的哭聲／猶如我，此刻，抱住你／造物主完美的創造。」

除了〈哭泣的嬰孩〉之外，沈睿的〈我不想談論死亡〉、〈至暗時刻——給兒子〉、〈你〉等詩歌同樣涉及到嬰孩的主題。其中，她在〈我不想談論死亡〉，寫道：

不，此刻我不想談論死亡——
嬰兒們睜開眼睛：世界一片蔚藍，
他們粉紅的小手，一朵朵彩麗的花朵
向上伸展，最壯觀的花的海洋。
我俯下身來：俯向這些胖胖的拳頭，

愛把你們種植，猶如田野裡
剛剛發育的鼓滿的種子，一片生機。

在這一節詩中，最後兩句「愛把你們種植，猶如田野裡／剛剛發育的鼓滿的種子，一片生機」，似乎在回應著普拉斯〈晨曲〉中第一節「愛使你走動如同的一隻胖金錶。／助產士拍打你腳掌，你赤裸地叫喊／在世間萬物中佔一席之地。」（普拉斯，2022：197）而正是這嬰兒的生命力給予詩人生存下去的動力，使她「不想談論死亡」，正如她在〈至暗時刻——給兒子〉中寫道：

我用溫柔的目光把你出生，用
皺了的臉和勞累的手，用
唯一的希望和明天，用
全身心的等待，把你出生

你站在河邊，你是岸
發亮的河在你的腳下像彩虹一樣蜿蜒
星星為你像玫瑰一樣開放，你的陽光
撫慰著我奔向你而摔破的臉，

我會活，因為你，我的兒子
因為你的笑聲點燃著夜晚，
即使苦難後還有苦難，
因為我去過那裡，我會活，
我的兒子，不管時刻是多麼至暗。

相較於普拉斯的詩歌，塞克斯頓更加關注女性的身體體驗。沈睿的詩歌同樣涉及到流產、性慾等女性身體體驗，在詩歌中重新認識自己的身體，並在此維度上與安妮・塞克斯頓進行著女性性別與身體體驗的對話。在她的自傳性長詩〈一個女權主義者的離婚辯白〉中，沈睿回憶自己是如何在生理上「成為女人」的體驗：

> 女人的情慾很可恥，我母親從未與我談過性；
> 我第一次來月經的時候，嚇得不敢起床，
> 我以為只要躺在床上，血就不會流出。
> 女人的性高潮，這讓男人害怕和渴求的神祕收縮，
> 使身大力壯的男人發瘋，使瘦弱的男人發狠。
> 女人的情慾只有男人才能滿足，
> 女人在自己的情慾之外。

她在回溯自己是如何「成為女人」的同時，也在批判（中國）文化對於女性慾望的壓抑：「我還不知道做愛的歡樂是什麼，／就已是母親。我不知道性高潮的神祕，那是很久以後我才體驗的感覺。／成為女人，女人，女人。」（〈一個女權主義者的離婚辯白〉）女性的慾望是不道德的，「女人在自己的情慾之外」。而塞克斯頓〈孤獨手淫者的歌謠〉則敢於撥開「羞恥」，讓女性處於自己的情慾之中，成為慾望的主體：

> 我親愛的，就拿今晚來說，
> 每一對情人都相互交合

翻來覆去，在其下，在其上
海綿和羽絨上富足的兩人，
跪著、壓著，頭與頭相向。
晚上，孤獨地，我嫁給了床。
……

然後我那黑眼的勁敵來了。
那水之女，升起在岸邊，
鋼琴在她指尖，她的嘴巴
和長笛的演說應當感到羞恥。
而我卻成了內八字的笤帚。
晚上，孤獨地，我嫁給了床。

（塞克斯頓，2018：220-1）

儘管詩中自白的女人已經失去自己的情人——「她像女人拿起貨架上的／廉價裙那樣把你拿走。／而我像石頭碎裂那樣碎裂」，儘管「今夜報紙上有你結婚的消息」，「我」雖然缺失一個滿足「我」的情慾的情人，但「我」在這裡並非一個等待著自己的慾望被男人滿足的慾望的客體，而是一個自身滿足自身的慾望的主體，「使那些旁觀者／感到驚駭」。

與此同時，塞克斯頓的〈打胎〉一詩也寫到觸及到了女性的流產體驗，與沈睿的〈辯白〉進行對話：

「本該出生的人沒了」
綠草像香蔥般粗壯，
我想知道大地何時崩塌，

而我想知道脆弱之物將何以存活；

……

「本該出生的人沒了」

是的，女人，這種邏輯指向
無關死亡的失卻。或照你的意思講，
你這懦夫……在我血裡流掉的這個嬰孩。

而在〈辯白〉中，沈睿的「離婚女權主義者」則回憶起自己的流產經歷：

我每天上班八小時，晚上回到家，
照看孩子，洗衣服，做飯，孩子睡後我才能開始預備功課。
我比孩子還累地想睡覺，而且，我又懷孕了。
懲罰。這是一個女人要承受的什麼樣的懲罰？
人工流產。在婦科手術室裡，我躺在冰冷的手術床上，
我的腿被緊緊地綁在兩旁，
疼痛使我失盡顏色。鮮血流盡的不僅是我沒出生的孩子，
是我，是晃在我眼前的無血色的陽光。
從手術室裡出來，我騎車回家，沒有人陪伴我，
我親愛的人在家中要寫他的文章。
從醫院到家是一條喧鬧的長長的道路，
臘月的北京，我形隻影單地騎車，呼嘯的北風送我回家，
我甚至沒有休假！正值年前，工作太忙，

我也不好意思破壞單位的計劃生育優良成績。
（人工流產會為計劃生育指標抹黑，
年底，大家在等計劃生育指標優良的獎金。）
我把頭用厚毛巾包上，坐在辦公室裡，
望著窗外的鐵欄杆——我的辦公室有著監獄的外貌。

與塞克斯頓控訴「懦夫」不同，在沈睿「離婚女權主義者」的自白中，我們看到的是個體經驗與時代記憶、集體經驗（計劃生育）的雜糅。相較之塞克斯頓的詩歌，沈睿更能夠觸及到女性的集體體驗與集體記憶，她的自白似乎是一種匯流，從中我們不僅聽到那個「離婚女權主義者」的自白，更迴蕩著她背後的母系氏族的聲音，並且她總是能夠超越個體的經驗，去回看、審視其背後一手締造這些女性個體的痛苦的文化和歷史。

在尋找自己的道路的旅程中，我們的詩人在此完成了她第一階段的轉變，從一個「詩人的主婦」轉變成一個「作為主婦的詩人」甚至一個「作為女性的詩人」，她不再是那個「點燃『詩人』的言詞」的客體，而是成為一個創造言詞的主體。但是，在此階段，主婦的身份或者曾為主婦的記憶尚未褪去，仍然是她詩歌中的一個重要的主題，並且基於這種「同為女人」的身份或者性別經驗，與美國自白派詩人希爾維亞・普拉斯與安妮・塞克斯頓進行著對話。而在日後的旅程中，她會像她筆下的那個「離婚的女權主義者」一樣逐漸清醒，找到更廣闊的道路。

鬱金香與玫瑰：普拉斯的「幽靈」以及沈睿的偏移

「如果我細讀你的詩歌，我能否讀出我自己？」

——〈致一位我愛的詩人〉

在她的詩〈致一位我愛的詩人〉中，沈睿這樣質問她與她的詩歌前輩的文學關係。我們並不清楚沈睿是否在希爾維亞・普拉斯的詩歌中看到自己的影子，但是我們卻能夠在沈睿的詩歌中窺見普拉斯的「幽靈」。正如同時期另一位大陸女詩人陸憶敏在〈夢〉中所看到的：「那些自殺的詩人／帶著睡狀的餘溫／居住在我們隔壁／他們的靈魂／吸附在外牆上／離得不遠」（陸憶敏，1993：23）。無論察覺與否，前輩詩人如同幽靈一樣棲居在詩人書房的外牆上，並且不時滲透進「我的房間」。

正如詩人在〈辯白〉中記錄的那樣：「我第二天做了手術，在死亡和生命之間，我努力回來了，／一個手術，讓我體驗死亡的滋味。」（〈一個女權主義者的離婚辯白〉）90 年代，沈睿經歷了一次手術，這次手術使之徘徊於生死之間，並且也使死亡的題材浮現在她的詩歌之中。在她此時寫下的諸多死亡之詩中，其中，在〈經驗的形狀〉、〈一束玫瑰〉二詩之中，普拉斯的影子似乎盤桓在詩人病房的牆壁上。在〈經驗的形狀〉中，詩人寫到自己在病房中的體驗：

這下我徹底輕快了，你引領著我
飛翔在冰冷而狹窄的手術台上
在十三隻同時大瞪著的無影燈的憐憫中

自由地在死亡邊緣滑行

重要的是失去感覺，
好得不能再好，微冷的空氣
讓你驕傲，你挺直了身子，
足夠勇敢地睡去，睡眠中沉沒

詩人把身體交給外界——一個我們並不明確是誰的抒情對象「你」。他／她可以是一個特定的對象，又可以是醫生、護士，或者是每一個讀者，總之，一個自我之外的他者，他／她現在掌管著我的身體，操縱著手術刀，讓我在「死亡的邊緣滑行」。普拉斯的〈鬱金香〉一詩中也同樣寫到她的病房體驗：

鬱金香太容易激動，此處是冬季。
看，萬物多潔白，多安靜，陷入雪裡。
我正學習淡定，安靜地獨自躺臥
像光線躺臥於這白牆、這床和這雙手。
我乃無名之輩；爆炸與我無關。
我已把名字和白天穿的衣服交給護士
我的歷史交給麻醉師，身體給了手術師。

他們在枕頭與腕扣之間撐起我的頭，像一隻
在兩片合不上的白眼皮之間的眼睛。
愚蠢的瞳孔，被迫將一切盡收眼底。
……

對於她們，我的身體是一塊卵石，她們照料它
如河水照料必流經的石頭，溫柔地撫慰它們。
她們用閃亮的針頭讓我麻木，讓我入睡。
此刻我已失去自我……

（普拉斯，2022：202-203）

在此，普拉斯同樣觸及到身在手術台上的體驗，自我將身體交給他者，「把名字和白天穿的衣服交給護士／我的歷史交給麻醉師，身體給了手術師」，在睡眠中讓「我」「失去自我」，如同一個白金女體塑像，躺在手術台上，由他者決定我的健康與生死，而自己變著一個被主導的客體（同上，202）。而躺在病床上的生死體驗也使「我」重新審視自己，在普拉斯那裡，「我看見自己，扁平，可笑，一個剪紙影子／在太陽的眼睛與鬱金香的眾眼睛之間，／我面目全非，我一直想抹除自己。」（同上，204）而正如沈睿在其自傳性長詩〈辯白〉中寫道，「死亡使我渴望遠行」。手術中處於生死邊緣的體驗讓她覺醒，逃離過往的生活，踏上赴美之路。在〈經驗的形狀〉中，沈睿的抒情主人公則在跨越煉獄的旅程中覺醒：

藏黑色的火焰
照亮著通往煉獄的路，
你撕碎了我，你吞噬著我，
在登陸的黎明，我明白我再不是你年輕的婦人

鳥兒把樹葉歌唱成金黃

我依舊躺在這裡，你慈悲地留下我
傾聽：厚實的門在沉重地關閉
我回來了，而我何以為家？
如果三十五年來我不懈地努力著
是爬，爬，爬向通往你的
平滑而顫抖的滑梯上？

正如普拉斯在〈鬱金香〉中審視自己，「現在我是一位修女了，從未如此純潔」（同上，203），沈睿也在詩中重新審視自身：「在登陸的黎明，我明白我再不是你年輕的婦人」。並且重新審視過去的生活：「如果三十五年來我不懈地努力著／是爬，爬，爬向通往你的／平滑而顫抖的滑梯上？」娜拉終於覺醒了，她意識到以前的那個「年輕的婦人」生存的荒誕，開始逃離這種生活：「我背上了背包，／告別了年邁的父母，告別了幼小的兒子，／告別了父母剛剛給我的新居。」（〈一個女權主義者的離婚辯白〉）死亡的體驗使她覺醒，不再扮演過去那個「詩人的主婦」的角色，不再去當人們眼中那個「好女人」，而是告別那個「年輕的婦人」，去尋找自我的新生。「因為我死過，我會活。」（〈至暗時刻——給兒子〉）

沈睿的〈一束玫瑰〉與普拉斯的〈鬱金香〉同樣描摹著在病房收到鮮花的體驗。無論是沈睿的玫瑰，還是普拉斯的鬱金香，在病人眼中它們都是如此刺眼，新鮮、充滿生機的花朵不僅視覺上在一切潔白、充滿消毒水氣味的病房中格外突兀，也與病床上剛剛在死神手中逃脫的虛弱的病人構成對比。在〈鬱金香〉中，普拉斯寫到病房中紅色鬱金香的刺眼：

我不曾想要鮮花，我只想
手心朝上躺臥，成為純粹的空無。
……

首先，鬱金香太紅了，讓我疼痛。
就算隔著禮品紙我都能聽見它們
透過白色襁褓的輕輕的呼吸，如可怕的嬰兒。
它們的紅色對我的傷口說話，很般配。
它們很微妙：看似漂浮，卻重壓著我，
用它們猝不及防的舌頭和顏色攪亂我，
我脖子上掛了一打紅色鉛錘。

……
鮮艷的鬱金香吞吃我的氧氣。

（普拉斯，2002:203-4）

紅色的鬱金香在白色包裝紙中格外突兀，它們鮮艷的顏色騷擾著脆弱的病人，令其眼花繚亂，不得靜養。在普拉斯的〈鬱金香〉中，鬱金香以其鮮紅的色彩與生命力侵蝕著「我」，「讓我疼痛」、「重壓著我」，甚至「吞吃我氧氣」，在潔白的病房中給病人感覺到一種被侵蝕感、壓迫感，使其感到不安。在沈睿的〈一束玫瑰〉中，玫瑰「刺鼻的香味」同樣「灼燒」著我：「我聽見那甜臭的呼吸／滑膩膩的，像鱔魚從泥水中仰頭觀望。」「花中的軟蟲，緩緩地露出頭，爬出，／咬噬了我，我掙扎在柔軟的稀泥中，喘不過氣。」

在這裡，我們同樣可以感受到普拉斯〈鬱金香〉中鮮花對於病人的侵蝕感與壓迫感。雖然在沈睿的玫瑰中我們可以看到普拉斯的鬱金香的影子，但沈睿的詩歌又發生了偏移（克里納門）：「詩人給前驅詩人定下這樣一個位置，然後從前驅的詩的位置上偏轉方向，使得幻象中的客體以較大的強度湮沒在連續體中。」（布魯姆，1989：43-44）在普拉斯的〈鬱金香〉中，「我」、病房、鬱金香似乎構成一個真空的空間，在這個空間中，鬱金香以其鮮血欲滴的紅色侵入脆弱、單薄的病人的世界，令「我」感覺到不安：「鬱金香是危險動物，應關入柵欄」（普拉斯，2022：204）。而沈睿的病房則略顯嘈雜，除了「我」和那束玫瑰花，圍滿了前來探望的親友——一個非常典型的東方式的場景。這樣的熱鬧使「我」惶恐，不知道如何面對這鮮艷欲滴的花朵，也不知如何承受這熱切的關心：

我怎能接住這滿腔的善意？
我將復元，像沒事一樣，快活地，
尖叫抓住我的喉嚨，沒幾聲呻吟。

我忘記了如何哭泣，腳腫著
巧妙地穿在漆皮鞋裡，閃閃發光，
和脈脈含情的花一起照亮了病房。

這些是朋友誠摯的臉嗎？我摸索著，
光影斑駁的地板上，蟑螂
肆無忌憚地竄過來又竄過去，從死者的指縫間。

——〈一束玫瑰〉

普拉斯在〈鬱金香〉中更加注重描摹物像（鬱金香）本身以及這個物對「我」帶來的影響，筆觸所及，始終沒有走出那間「病房」。但在沈睿的〈一束玫瑰〉中，也許是受到中國文化的影響，令「我」感到壓抑的似乎不僅僅是玫瑰本身，而是在那一束玫瑰背後親友們的關心與善意，擠壓著剛剛從生死邊緣中回來的女主人公。通過比較，我們可以發現，美國自白派女詩人普拉斯和塞克斯頓的詩歌更加注重「自我」本身的感受與經驗，沈睿在吸收、轉化美國自白派詩歌的經驗的時候，更加注重自我與其外部世界的互動，這似乎給予她一種支點的力量，使其偏離於美國自白派詩歌的影響（普拉斯和塞克斯頓）。她沒有普拉斯的那一間真空的病房，總是處於自我與世界的交匯處。在此處是湧入病房的中鋪天蓋地的「朋友誠摯的臉」，而當她的那個「離婚的女權主義者」回憶到自己的流產經驗時，又不可避免地與社會歷史與集體記憶對話。也許是受到中國文化的影響，在沈睿的自白詩中，自我總與其周邊的人和事以及其所生存其間在時間和空間處於關係之中，自我永遠不可逃離其得以存在的那個背景布而存在，總是在與背後的社會、歷史進行對話，不曾處於普拉斯那間真空的病房。

二十年後，沈睿寫的一首與普拉斯〈鬱金香〉的同題詩〈一朵金黃的鬱金香〉，則顯現出詩人對於其早年文學影響源的更大幅度的偏離，甚至是反向的運動。在哈羅德・布魯姆看來，一個詩人要成為一個獨立的詩人，需要經歷一個「魔鬼化」的過程：「當新湧現出來的強者詩人轉而反對前驅之『崇高』時，他就要經歷一個『魔鬼化』過程，一個『逆崇高』過程，其功能就是暗示『前驅的相對虛弱』。當新人被魔鬼化後，其前驅必然被凡人化了。一個新的大西洋便從新詩人轉變了的存在中湧溢出來。」（布魯姆，1989：106）正如沈睿在〈致安妮・塞克斯頓〉中分析自己與美國自白派詩歌的文學關係：

你澆花，給女兒們洗澡，去開家長會
你開著汽車，不理睬我要搭車的手勢，
你一個人在房間中，沒我的幫忙，就做了那事

我怨你，恨你，把你釘在我的十字架上，
我們背靠背，彼此互相安慰，哈，
我們真是一類，我們打趣地嘲弄對方，可真是一類。

正如奚密指出的，在這裡，塞克斯頓被還原成一個世俗的女人，被「凡人化」，自我與前驅背靠背坐在一起，並且「打趣地嘲弄對方，可真是一類」。新人不再是在前驅巨大的翅膀之下渺小的嬰孩，而是歷經一種「向上的墮落」。對於沈睿，前驅的身影並非像陸憶敏詩歌中「那些自殺的詩人／帶著睡狀的餘溫／居住在我們隔壁／他們的靈魂／吸附在外牆上／離得不遠」，擠壓著自我的內部世界。反而，前驅在這裡變成了一個虛弱的女人，需要與「我」「背靠背」、「彼此互相安慰」。但新人的力量在這裡卻得到了增長，從最初無法抵禦附著在自己牆壁之上的前驅的幽靈及其「睡狀的餘溫」使前驅的幽靈滲透到我的「房間」內（〈經驗的形狀〉、〈一束玫瑰〉），到與前驅處於平等的位置，最終新人的詩力增強，抵禦住前驅的滲透，詩歌偏離於前驅的軌跡，甚至反向發展，反寫普拉斯的「鬱金香」。

雖然普拉斯的〈鬱金香〉寫於 3 月，也許是因為病房裡一切都「潔白」、「安靜」、「陷入雪裡」，如同冬季，她在開頭寫道：「鬱金香太容易激動，此處是冬季。」在普拉斯手裡，鬱金香是刺眼的鮮紅：「鬱金香太紅了，讓我疼痛。」（普拉斯，2022：202）而在沈睿的詩中，鬱金香卻是靈動而嬌嫩的金黃和春天到來的徵兆：

如此金黃的、如此嬌嫩的
迷媚，鬱金香在你的手中，
一面小小的旗幟，宣告著春天

——〈一朵金黃的鬱金香〉

在普拉斯的詩中「鬱金香吞吃我的氧氣」，它們打破了病房的安靜，令空氣凝滯：

它們到來之前，空氣很寧靜，
來來去去，一呼一吸毫無驚亂。
然後鬱金香像一聲巨響充滿空氣。
此刻受阻的空氣圍著它們打漩，像一條河
受阻回漩於一架沉沒的鐵鏽紅引擎。

（普拉斯，2022：204）

而在沈睿的詩歌中鬱金香則「芬芳著青春的苦澀與成熟的甘甜」。在普拉斯的詩中，鬱金香使病人振奮起來，嘗到水的溫暖和鹹味，不過它卻「來自像健康一樣遙遠的國度」——遙不可期的痊癒。但沈睿的，鬱金香則留駐在永恆的春季：

這是愛嗎？我的眼睛裡一片大霧
而這朵鬱金香，挺著腰肢，春天的早晨
露珠閃在她透明臉上，映射著

我們的春天，你說，這是我們的
鬱金香，這是我們的永遠的春季。
——〈一朵金黃的鬱金香〉

仔細比較，二者的「鬱金香」完全按照相反的方向運行：一個是病房裡鮮紅刺眼的存在，打擾著病人的靜養；一個是情人幸福的符碼，標記著永恆的春季。正是在這首詩歌中，沈睿完成她的「魔鬼化」過程，抵禦住「吸附在外牆」上「自殺的詩人」的「睡狀的餘溫」與幽靈，淨化出一間「自我的房間」。

此外，沈睿的〈高燒〉似乎續寫了普拉斯的〈高燒103°F〉。這首詩第一節中「高燒使她成為／一張在風中瑟瑟發抖的／薄薄的紙／整夜地顫抖著／在殘破的窗櫺上」似乎回應著普拉斯〈高燒103°F〉中的：

……我是一隻燈籠——

我的頭是一個
日本紙做的月亮，皮膚是打薄的金片
極其精緻，極其昂貴。
（普拉斯，2022：301）

在之後的詩行中，普拉斯則預感到自己的復活：

我想我正在上升，
我想我能復活——
火熱金屬飛濺，親愛的，我

是一個純乙炔的
處女
被玫瑰，

被吻，被小天使，
被這些粉色的事物意指的一切守護。
不是你，也不是他
不是他，不是他
（我的眾多自我正在消解，這老淫婦的襯裙）——
升向天堂。

（同上，301-302）

而我們的詩人正好「路過」這裡，與那個高燒的女人相遇：

我正好路過這裡
看見她衰老的面容
凌亂的白髮下
青春永存的一雙
大而濕潤的眼睛

那麼疲倦地閉著
睫毛像墓石

我多想擁抱她，以愛
親吻她乾裂的嘴唇
和那乾枯的年齡的味道
生活是不完美的
我們都在夢想中走完一生
她輕輕地嘆息：水，水
她的嘴唇，在蠕動中
我聽見生命的水
流過她和我而去
一片秋風捲起的
落葉
在紐約第五大道吹散

——〈高燒〉

前輩在此顯現出一種「虛弱」的姿態，也許基於「同為女人」的經驗，我們的詩人在此想要擁抱那個高燒的女人，親吻她，甚至想要勸慰她：「生活是不完美的／我們都在夢想中走完一生」。而在下一節中，「我聽見生命的水／流過她和我而去」，「我」與那個高燒女人的生命經驗也得到匯合。而接下來「一片秋風捲起的／落葉／在紐約第五大道吹散」，詩人則將鏡頭聚焦於純粹的物像，製造出某種距離，抽離出「我」與那個高燒女人的共情。

「我就這樣活在我的兩個國家之間」

赴美之後，沈睿的詩歌進入較為獨立的階段，更加注重書寫自己的離散體驗，並且嘗試與瑪麗安・莫爾、愛米麗・狄金森、阿赫瑪托娃、麥爾維克等詩人、作家進行對話。一方面她在之前的階段完成了一種淨化的過程，能夠清理掉自己「外牆」上那些死去詩人的幽靈。另一方面，相對於在大陸時通過翻譯接受有限的自白派詩歌，赴美留學和定居使她能夠暴露於更多的美國及其他詩人、作家的作品之中，由於之前完成的淨化過程，此時期，她能夠擺脫逝去的詩人的幽靈，作為一個獨立的詩人與更多的詩人、作家進行「對話」。

「我是否將這樣死於在大雪、書、火爐和兩種語言中？」（〈鄉村生活〉）在她赴美後的詩歌〈鄉村生活〉中，沈睿這樣問。雖然普拉斯在其史密斯學院時期的詩歌〈流亡者的命運〉中寫到自身的身份認同困惑：「我們仍倔強地試圖敲碎果殼，／裡面封閉著我們的種族之謎。」（普拉斯，2022：388）但諸如普拉斯、塞克斯頓等美國自白派詩人大多沒有沈睿這種穿越象形文字與表音文字極其背後的文化世界的離散體驗，這樣的體驗使得沈睿留美之後的詩歌更加關注自身的生命體驗，擺脫前輩詩人的幽靈。

正如沈睿在〈一個女權主義者的離婚辯白〉中寫：

遙遠的不僅是距離：
從中國到美國，幾萬里山和水
在我們之間。你的北京時間比我的早
十六個小時。此刻，黎明的光線正催你起床，

而我，坐在下午的涼亭裡，一本書
攤在桌子上，等著打開，
街上空無一人。

這就是我們的現實。
唯物主義者相信：存在決定思想。
於是，我們遙遠了，藍濛濛的晚霧從海上湧來，在
我的窗外，我用白紙把窗子糊得密密實實，
徹底地看不見外邊——是鄰居家太安靜的後院。
我看不見，我不想看見，我蒙上白紙，好像
我是在北京白廟胡同的幽暗的房間
等待我的愛人歸來，
我就這樣活在我的兩個國家之間。

不知何時，距離就已經發生。這距離不僅僅是地理上的距離或者時差，而且是現在與過去的距離，使「我再不是你年輕的婦人」（〈經驗的形狀〉）。距離幫助「我」告別過去的同時，也為「我」製造了新的痛苦，使我在兩者的溝渠之中漂泊，在兩者之間找不到位置。在〈在葛底茨堡鎮的街上〉，詩人坦白：

我越來越對兩邊兒來的消息無動於衷
一個從我姥姥的村莊來的民工討不到工錢
在北京的大街上哀嚎，哭聲刺過牆壁
一個嬰兒害怕地縮了起來

……

此刻，整個美國都變成紅色的了

比我少年時代的中國還紅

我走在葛底茨堡的街上，和林肯暗中對話，

懷揣著民主的夢想

與內戰而死的鬼魂擦肩而過

一個聲音對我說：

你知道每天有多少人在夢想中死去嗎？

甚至，自我就在夢中丟失。在〈我夢見了自己的死〉中，詩人夢到自己被兩個民工謀殺：

兩個民工樣的人（哪裡來的民工？）

手裡提著粗壯的繩子，悄悄地進來，

雨聲巨大，好像暴雨突然加大了，

他們捂住我的嘴，我無法出聲，

他們把繩子套在我的脖子上，

粗糲的繩子，我的脖子感受著它的壓迫，

我知道沒有商討的餘地。

我們說不同的語言，

（我知道他們不懂英文，也不懂漢語。）

我嘆息，想，「That's it.」

又想，My son can't call his mother anymore.

繼續想，「所有的夢都完結了（用中文）。」

這就是最後的一瞬。

兩個世界之間的距離如同那兩個莫名民工手中粗壯的繩子，壓迫著「我」的脖子，謀殺過去的自我，讓「我」最後在中文與英文之間的溝渠裡迷失。

而這，也許正是新生的開始。在〈老中國女人在咳嗽〉中，過去與故國如同那個居住在「我」隔壁的「老中國女人」晝夜不停的咳嗽聲，似乎與我近在咫尺，但實際上兩者之間卻存在這某種無可跨越的距離或者障礙。她如同幽靈一樣，盤桓在我的隔壁，侵蝕著我的安寧，但卻是無可觸及的——「也許我該給她送一杯水／一杯永遠無法到達的水／或在到達之前，咳聲已經停止」（〈老中國女人在咳嗽〉）。而在下一節中，作者又在嘗試與其背後的母系傳統或者更廣闊的女性集體經驗對話。「我習慣了她的咳嗽／我想起了自己的母親／就是這樣，咳嗽聲中／一個生命完結／另一個生命開始」（〈老中國女人在咳嗽〉）。在此，沈睿嘗試與其背後的母系氏族（神祕的咳嗽的老中國女人，「我」的母親等）進行一種女性經驗的匯合，二者之間構成某種循環：「一個生命完結／另一個生命開始」，在那個老中國女人或者「我」的母親的衰老和死亡之中，「我」獲得新生。而過去雖然如今早已成為彼岸的往事，卻是構成「我」自身的一部分。老中國女人的幽靈此刻滲透到我的內部，讓「我」變成了下一個她：「那個老的中國女人／就是我」（〈老中國女人在咳嗽〉）。而「我」有一天也會遇到下一個年輕的女人，抱怨「我」「好像是從遙遠的地方推過來的」晝夜不息的咳嗽聲（〈老中國女人在咳嗽〉）。如是循環。

而在〈我愛上了一個中國女孩〉中，沈睿卻在解構人們對跨國羅曼司的幻想，尤其是一個美國男孩對於中國女孩的愛情。當「我的鄰居」告訴「我」「我愛上了一個中國女孩」，並且暢想未來之時：「我要搬到中國，我會在中國找一個工作。／我要學中文，還要跟她生三個孩子。」（〈我愛上了一個中國女孩〉）「我」卻投來一個「過來人」的微笑，「看見這對／年輕的夫婦，推著兒童車，從林蔭大道上走過來」，甚至回想起「我們」駕車蜿蜒在聖勞倫斯河岸：「記得嗎？／就在那條路上，你以為是愛情，／其實不過是移山倒海的自然力量……」（〈我愛上了一個中國女孩〉）

旅美之後，沈睿嘗試以自己的離散經驗為支點，與更廣闊的文學經驗進行對話。在〈疼痛〉中，也許中、俄相似的高壓政治使然，她趴在阿赫瑪托娃的肩上哭泣，感慨：

> 那麼多民族的腰折斷了，
> 為滿足權勢者們的瘋狂。
> 千萬的人流離失所，千萬的人沒有哭倒
> 長城。我懷疑詩歌的力量，雖然我不得不
> 走向你，走向我唯一的安慰。

而在下一節中她卻將自己的離散體驗與阿赫瑪托娃在祖國遭受的苦難進行對比。阿赫瑪托娃在自己的國家內「流亡」，在兒子遭受被捕、監禁之時寫下了〈安魂曲〉。本詩首句「你能寫出來嗎？阿赫瑪托娃？」正是引自阿赫瑪托娃為自己的〈安魂曲〉中寫的序言，在探望監獄的高牆下的長長的隊列中，她遇到一個老婦人，那個老婦人問她：「阿赫瑪托娃，你能寫出來嗎？」〔Akhmatova, could you describe this?（Akhmatova, 1974）〕而沈睿作為一個流浪異國的中國女人，

留美之後仍然保持著對於中國大陸的政治、現實的關注，不僅在〈在葛底茨堡鎮的街上〉一詩中憂心「一個從我姥姥的村莊來的民工討不到工錢／在北京的大街上哀嚎，哭聲刺過牆壁」，更活躍在中國大陸的報紙與社交媒體上，作為一個公共知識分子關注著大陸的現實並進行著女權主義批判。而身在異國，她雖然保持著對於中國政治現實與女權現狀的高度關注，但總是力所不及，最終感到無力：「我越來越對兩邊兒來的消息無動於衷」。在這一層面上，她與阿赫瑪托娃的處境是何其相似。她緊緊抓住阿赫瑪托娃「灰色的長披肩」，祈求她幫助自己言說這對故土的關懷以及離散的苦痛：

你的〈安魂曲〉在二十世紀俄國上空
成為俄國永恆的紀念碑！
而我，一個流浪的中國女人
在異國的土地上，流離失所，此刻
伏在你的安魂曲的懷抱裡，我泣噎：
「阿赫瑪托娃，你能寫出來嗎？」

在〈致安妮・塞克斯頓〉中，「我」把塞克斯頓「釘在我的十字架上」，「背靠背，彼此互相安慰」，「打趣地嘲弄對方，可真是一類」（〈致安妮・塞克斯頓〉）。而在〈疼痛〉中，「我」則在阿赫瑪托娃的肩上哭泣：「我的淚水哭濕了你灰色的長披肩，你撫摸著／我瘦弱的身體，我蓋住臉的長髮，／我流血的傷痕，流血的心。」「伏在你的安魂曲的懷抱裡，我泣噎：『阿赫瑪托娃，你能寫出來嗎？』」（〈疼痛〉）阿赫瑪托娃在這裡既如同一個溫柔的長姐，撫摸著我的傷口，又扮演著一個維吉爾似的角色，「我」向她尋求安慰，尋求寫作的力量，將這離散的苦痛書於紙上。相較於八十、九十年代在中國大陸甚囂塵上的美國自白派詩歌，沈睿最終回歸自身，尋找更適宜於自己的繆斯。中、俄相似的高壓政治體驗及其與阿赫瑪托娃相似的生命體驗，使「懷疑詩歌的力量」的她在阿赫瑪托娃那裡尋找寫作的力量，找到更加貼近於自己的繆斯。阿赫瑪托娃如同橢圓的另一個圓心，幫助沈睿形成自己的風格，在偏離美國自白派詩歌的離心運動中越走越遠。

而身處美國學習、生活和教書，詩人又從過去 1980、1990 年代從有限的翻譯中接觸美國詩歌，轉而被暴露在美國文學之中，或許這裡用朱熹的一個詞更好，「涵泳」於美國文學之中，與愛米麗・狄金森、麥爾維爾、瑪麗安・莫爾進行對話。在〈愛米麗的慾望〉中，抒情主人公在「愛米麗房間」幻想裡愛米麗・狄金森寫作的場景，並且與牆上愛米麗的畫像互相凝視。「如果我翻譯你的詩歌，我能否抵達你的骨髓？／你的最隱祕的疼痛，你無法告人的慾望？」（〈致一位我愛的詩人〉）在〈愛米麗的慾望〉中，沈睿援引並「翻譯」了狄金森三首詩歌，分別是〈我為美而死〉（I Died for Beauty）、〈我把自己給了他〉（I Gave Myself to Him）、〈他是我的主人〉（He Was My Host）。在援引〈他是我的主人〉一詩時，沈睿刪減了第一節的詩行：「『他是我的主人——他是我的客人……／如此無限無盡我們的交歡（交談）／如此私密無間，的確是的！」在這裡，沈睿刪節了原詩第一節中「I never to this day / If I invited him could tell, / Or he invited me」三行，並且玩弄了一個雙關的遊戲（Dickinson, 1976：698-699）。

狄金森的原詩中，接下來的兩句是「So infinite our intercourse / So intimate, indeed」（同上，1976：698-699）在英文中，intercourse一詞有「交談」和「交歡」兩種意思，而沈睿首先選擇了富有性愛意味的「交歡」一詞來翻譯，並且括號內加註釋為「交談」。沈睿在這裡——愛米麗的房間——創造了一個互相反射的鏡像空間：牆上畫像中的愛米麗凝視著「我」，「我」也在凝視愛米麗的慾望。愛米麗・狄金森作為終身未婚的隱居女詩人而聞名，但沈睿卻在這裡重塑了愛米麗的形象，在鏡像中看到了愛米麗的慾望：「想不到，愛米麗，你還真可以！／你不是一個老處女嗎？」（〈愛米麗的慾望〉）而愛米麗的慾望也折射到「我」的身上——

> 愛米麗大聲地叫了起來，我也大聲地笑了起來，
> 我滾倒在床上，滾在你的身上，
> 你懵懵懂懂地睜開眼，又把我攬進懷裡。
>
> ——〈愛米麗的慾望〉

「我」與愛米麗，就這樣成為一對「同謀的姐妹」。「愛米麗房間」由此成為一個女性的空間，在這裡，「我」和愛米麗透過鏡像重新審視和面對自己作為女人的慾望，「那麼大的海風，把愛米麗的房間鼓脹」（〈愛米麗的慾望〉）。

此外，在〈給蟑螂讀詩和寫詩〉中，詩人給蟑螂讀美國詩人瑪麗安・莫爾的詩歌：「你們喜歡瑪麗安・莫爾的詩歌嗎？／她是一個怪異的老女人，她終生跟她母親睡在一個床上，／直到她母親去世，她已經六十歲。」（〈給蟑螂讀詩和寫詩〉）以此，「我」得以度過這寒冷的冬夜，得以「殺死時

間」。在〈與麥爾維爾一起開始的旅程〉中，詩人捧起麥爾維爾的日記，「在那面年代久遠斑駁的鏡子裡／我看見自己歪歪斜斜的身體／麥爾維爾是不是就這樣看見了莫比迪克——他的宿命？」（〈與麥爾維爾一起開始的旅程〉）在此，詩人感受自身的存在如同莫比迪克一樣，在大海的狂風怒號中「好像一葉孤舟」。而在〈我的日常〉中，「我」則變成了一個「閣樓上的瘋女人」。一會兒「喝酒，舉杯，模仿李白／對影成三人」；一會兒在海明威的槍聲中看到乞力馬札羅的雪「落在我的屋頂」（〈我的日常〉）。而這兩節詩，似乎正是作者身處中、美兩個國家之間及兩種文學經驗之間最好的隱喻，以及文學身份的說明。

而詩人也試圖在文本之外與更廣闊的女性生命經驗進行的對話。〈辯白〉中那個「離婚的女權主義者」偶然聽到離婚一年的戴安娜王妃去世的消息後感慨：

> 戴安娜，最繁花似錦的女人，最耀眼的王妃，
> 金髮燦燦的公主，
> 在製造了王國歷史上最大的離婚案一年後，死了。
> 離婚也許是不必要的，反正都有這一天，這一刻。
> 最終你的前夫會把你領回家，你會不會躺在夫家的墓園？
> 你會不會在地下哭泣？為命運的反諷，這不料的終曲？
>
> ——〈一個女權主義者的離婚辯白〉

在這裡，〈辯白〉中那個三十七歲的離婚女人超越身份、種族、文化與階級，與戴安娜王妃這個「三十六歲，／在離婚一年之後，死於車禍」的女人達成經驗的匯合。「她的離

婚也許不是必要的」，她的死亡是對離婚最大的反諷，但她作為「我」背後的女性群像，冥冥中給予「我」某種力量。

在〈尋找「雪片墜落」的女人〉中，「我」似乎在那個尋找「雪片墜落」（snowdrops）的女人身上看到了自己的影子，「一個蘇格蘭女孩子成為劍橋教授，／成為我想像的故事」（〈尋找「雪片墜落」的女人〉）。「在哪一個生命裡我們曾經相遇？」（同上）在這個在劍橋教書並計劃退休了搬回蘇格蘭的曾經的蘇格蘭少女身上，「我」是否看到「我」這個在美國教書的中國女人的影子？二者的離散的生命體驗也在雪片墜落中得到匯合：「我們都是雪片墜落，雪片紛飛」。

而「雪落在中國的土地上」（艾青〈雪落在中國的土地上〉）。

雪，落在白廟胡同的瓦縫裡；
雪，落在「我」中途醒來的森林裡；
雪，落在葛底茨堡的屋頂上；
也落在「我」的白髮間
……

靳朗，本名靳文鑫
寫詩、譯詩，現專注與中美詩歌關係研究，
威尼斯大學亞非系與巴黎三大比較文學系聯合博士候選人
2023年10月，寫於威尼斯

參考文獻

[義]但丁著，《神曲》，朱維基譯，石家莊：河北人民出版社，1996。

Alighieri, Dante. *The Divine Comedy*, Trans. Henry Francis Cary, Herdfordshire: Wordsworth Edition Limited, 2009.

[美]西爾維婭 · 普拉斯著，《約翰尼 · 派尼克與夢經》，孫仲旭譯，北京：人民文學出版社，2014。

Yeh, Michelle. "The 'Cult of Poetry' in Contemporary China." *The Journal of Asian Studies*, vol. 55, no. 1, 1996, pp. 51-80。

[美]安妮 · 塞克斯頓著，《所有我親愛的人》，張逸旻譯，北京：人民文學出版社，2018。

[美]哈羅德 · 布魯姆著，《影響的焦慮》，徐文博譯，北京：生活 · 讀書 · 新知三聯書店，1989。

陸憶敏，〈夢〉，《蘋果樹上的豹 · 女性詩卷》，崔衛平編，北京：北京師範大學出版社，1993：23。

Akhmatova, Anna. "Anna Akhmatova's 'Requiem, 1935-1940.'" *The Russian Review*, vol. 33, no. 3, Trans. Robin Kemball, 1974, pp. 303-12.

Dickinson, Emily. "1721," *The Complete Poems of Emily Dickinson*. Emily Dickinson, Ed., Thomas H. Johns, Boston and Toronto: Little, Brown and Company,1976：698-699.

語言文學類　PC2986　秀詩人116

愛米麗的慾望：
沈睿詩選

作　　者／沈　睿
責任編輯／莊祐晴
圖文排版／黃莉珊
封面設計／嚴若綾

發 行 人／宋政坤
法律顧問／毛國樑　律師
出版發行／秀威資訊科技股份有限公司
114台北市內湖區瑞光路76巷65號1樓
電話：+886-2-2796-3638　傳真：+886-2-2796-1377
http://www.showwe.com.tw
劃撥帳號／19563868　戶名：秀威資訊科技股份有限公司
讀者服務信箱：service@showwe.com.tw
展售門市／國家書店（松江門市）
104台北市中山區松江路209號1樓
電話：+886-2-2518-0207　傳真：+886-2-2518-0778
網路訂購／秀威網路書店：https://store.showwe.tw
國家網路書店：https://www.govbooks.com.tw

2025年1月　BOD一版
定價：300元

讀者回函卡

國家圖書館出版品預行編目

愛米麗的慾望：沈睿詩選 = Emily's desires : selected poems by Shen Rui / 沈睿著. -- 一版. -- 臺北市 : 秀威資訊科技股份有限公司, 2025.1
面；　公分. -- (語言文學類 ; PC2986) (秀詩人 ; 116)
BOD版
ISBN 978-626-7511-31-2(平裝)

851.487　　113016550